Anspruchsvolle und unterhaltsame Kurzgeschichten von Autoren aus Deutschland, Österreich, der Schweiz, Finnland und Ungarn.

Der Mann, der vergewaltigt wurde

Und andere Geschichten

Herausgegeben von
Ronald Henss

Dr. Ronald Henss Verlag

Originalausgabe
Oktober 2006

Dr. Ronald Henss Verlag
Sudstraße 2
66125 Saarbrücken
www.ronald-henss-verlag.de
verlag@ronald-henss-verlag.de

Umschlaggestaltung: Ronald Henss unter Verwendung des Gemäldes „Sitzende Frau“ von Egon Schiele (1890-1918)

Druck und Bindung: Druckerei Pirrot
Trierer Straße 7
66125 Saarbrücken

1. Auflage 700 Exemplare + Print on Demand
Printed in Germany
ISBN-10 3-9809336-8-7
ISBN-13 978-3-9809336-8-1

Inhalt

Regula Buder

Die wirklich großen Ereignisse

Wir sitzen hier zusammen und warten. Und wenn wir müde werden, sitzen wir nur noch oder gehen schlafen. Wir warten auf die großen Ereignisse, das heißt, ich warte, und der Karl, mein Mann, der leistet mir Gesellschaft.

Wenn ich ihn etwas frage, grinst er mich an. Karl ist zufrieden, sein großes Ereignis ist wohl schon eingetreten. Vielleicht an dem Tag, als er beschloss, sich nicht mehr an mich zu erinnern. Doch damit stand ich nicht alleine da, auch seinen Chef erkannte er nicht mehr. Ich glaube, der Chef nahm es noch härter. „Was ist denn mit dem Karle?“, stammelte er nur immer wieder und trank dem Karl sein Bier auch noch aus, weil der Karl vergessen hatte, wozu das gut sein sollte.

Ja, so sitzen wir also beisammen und warten.

Und es müssen große Ereignisse sein, erschütternd genug, um uns aufzurütteln. Die niedergestochene Ehefrau zählt nicht. Nicht weil sie Ausländerin war, nein, daran haben wir uns ja gewöhnt. Sie zählt nicht, weil um die Ecke geschehen. Gestern, heute und auch übermorgen wird's wieder eine geben. Das ist lästiger Alltag, wie die Mülltonnen, die nicht rechtzeitig geleert werden und dann stinkend überquellen. Auch nicht die Kinderzimmerdramen. Wer interessiert sich denn schon dafür? Vielleicht jene, die selbst keins erlebt haben, aber gibt es das denn überhaupt noch? Wir können uns ja für die Abschaffung von Kinderarbeit einsetzen, irgendwo weit weg, das macht sich gut. Und das „Made in China“-Etikett lässt sich hervorragend aus dem neuen Kleid entfernen, Schnäppchen sollten nie verschmäht werden, denn wer den Rappen nicht ehrt ...

Herr Nauer starb, vergangene Woche. Ja, das ist eine Tragödie, so ein netter Herr. Kaum älter als wir, sicher noch keine siebzig, aber wie das Leben so spielt. Immerhin noch etwas geleistet in seinem Leben hat er, doch die arme Frau, was nur aus der werden wird? Aber daran wollen wir lieber erst gar nicht denken.

„Du sollst nicht zu viel daran denken, sonst ereilt dich das gleiche Schicksal." Mutters Worte, und die muss es gewusst haben. Immer hat sie am Abend gebetet, „Herrgott beschütze uns und lass nicht zu, dass wir krank werden oder gar einen Unfall haben." Und dann eines Tages kam der Lastwagen, kurz vor dem Mittagessen, und überfuhr sie, die Einkäufe dazu. Sie kam grad vom Supermarkt zurück. Und wir bekamen Pommes an jenem Tag, im Restaurant um die Ecke, denn unsere Einkäufe waren ja überrollt. Aber irgendwie hatte ich keinen Hunger mehr. Und ich habe doch Pommes über alles geliebt, Mutter wohl auch, aber sie hätte nicht immer davon sprechen sollen, schon gar nicht mit dem lieben Gott.

Heute wird es aufregend, denn mein Mann ist weg, immer einmal die Woche, kreative Beschäftigung heißt seine Verabredung, sie holen ihn ab. Da hab ich dann mal ein paar Stunden für mich. Ich kann einkaufen gehen und dann in der Konditorei vorbeisehen, vielleicht gibt es was Neues bei der Rosie.

Einmal wäre beinahe was geschehen, da wollte der Karl, mein Mann, weglaufen. Zumindest haben sie das gesagt. Natürlich haben sie es rechtzeitig bemerkt, und seitdem sind die Türen zugeschlossen. Nein, natürlich nicht nur wegen ihm, es gibt ja noch andere. Ja, manchmal immer noch etwas zu forsch, die alten Herren, glauben wohl, da draußen noch das große Abenteuer zu finden.

Doch immerhin ein Unterbruch, einmal die Woche. Und der Herr vom Transport ist auch ganz nett. „Küss die Hand, gnädige Frau", das sagt er immer zu mir.

Und der Karl grinst blöd, ja, so etwas wäre dem nie über die Lippen gekommen. „Und bitte pünktlich das Abendessen, mein Schatz", das waren Karls Worte, jeden Tag, als ob ich je zu spät gewesen wäre. Vielleicht gab's einfach keine anderen Worte mehr in seinem Hirn, wäre ja möglich. Da ist mir sein Schweigen nun doch lieber. Das Grinsen könnte er allerdings unterlassen, das ist dann doch etwas peinlich. Leichte Destabilisierung der emotionalen Gefühlslage, so hat das die Frau Doktor genannt.

Ja, und da war noch jener Tag, der hat mein Leben verändert. Es war Dienstag, kreativer Beschäftigungstag, wie immer dienstags. Ich habe dem Karl extra noch den roten Pullover angezogen, als hätte ich was geahnt, so geschieht das doch manchmal im Leben. Punkt neun Uhr hat es geklingelt, und in derselben Sekunde habe ich die Türe aufgerissen. Etwas heftig vielleicht, ich gebe es ja zu, aber ich habe doch so auf das Küss-die-Hand gewartet. Und da steht so ein Jüngling vor der Tür, kaum mal aus den Windeln, denk ich mir, das Gesicht voller Pickel. „Ich bin hier, um den Herrn ... ja, eben den Herrn abzuholen." Feuerrot hat er in seinen Zetteln gewühlt, doch Karls Name war verschwunden.

„Meinen Mann, meinen Sie?", und der Junge nickte dankbar.

Hätte ich ihm nicht trauen sollen? Was, wenn er meinen Mann entführen wollte? Bereits sah ich mich dem Journalisten gegenübersitzen und die traurigen Fragen beantworten. Wann ich ihn denn zum letzten Mal gesehen hätte, meinen Karl, und so weiter. Doch da stand der Karl auch schon hinter mir und grinste. Und mir war eingefallen, dass den sicher niemand wollte, schon gar nicht freiwillig. Wahrscheinlich hätte ich dem Jungen noch was zustecken müssen. Also ließ ich Karl mit ihm ziehen.

Bis zum Nachmittag verlief alles normal. Ich machte mich, wie immer dienstags, auf den Weg in die Konditorei, sicher wusste Rosie etwas Neues. Zudem lag Rosies Lokal nicht weit weg von Karls kreativer Beschäftigung, und manchmal ging ich kurz vorbei, das Gefühl, ohne ihn wieder weggehen zu können, war immer ein ganz besonderer Genuss.

Doch an jenem Tag kam es nicht so weit. Soeben hatte ich die Türe zu Rosies Konditorei geöffnet, als mir diese auch schon entgegenstürzte. „Meine Ärmste!“, rief sie und streckte mir beide Hände entgegen.

Nun ja, es war nicht leicht mit Karl, aber so viel Theater war auch nicht angebracht. Doch schon hatte Rosie angefangen zu sprechen, hastig verschluckte sie die Hälfte und immer wieder musste ich nachfragen. Ein Unglück, stammelte sie, der Praktikant habe die Türe nicht abgeschlossen und da sei er entwischt, mein Karl. Geradewegs auf die Straße gerannt, der Lastwagen hatte keine Chance, und der Karl natürlich auch nicht. Grad da vorne um die Ecke sei es geschehen. Ich ließ mich auf einen Stuhl sinken und mir ein Glas Wasser bringen. Soeben sei die Ambulanz weggefahren, das habe der Bäckerlehrling erzählt, der sei extra nachschauen gegangen. Doch die hätten nichts mehr machen können.

Stoisch habe ich am Wasser genippt. Schon wieder ein Lastwagen, ob mein Karl nun genauso platt war wie Mama? Nun, daran wollte nicht mal ich denken. Vielleicht wäre mein Leben glücklicher verlaufen, gäbe es keine Lastwagen. „Ich begleite dich“, hatte mir Rosie anerboten und aufgeregt dem Polizisten gewunken, der soeben in der Türe erschienen war. „Hier, das ist die Witwe, die Ärmste, ich meine die Frau von dem Mann, der soeben da draußen ... Er ist doch tot?“

Rosie hatte angefangen zu stammeln, doch der Polizist beruhigte sie. „Ja, tut mir sehr leid, wir konnten nichts machen.“

Da hatte ich mein Taschentuch gezückt, frisch gebügelt, ich habe immer eines extra dabei, für Unvorhergesehenes, und dies war der Moment. Also nahm ich das Taschentuch und tupfte meine Augenwinkel, so wie die das im Film machen.

„Würden Sie mich bitte begleiten, wir müssen die Leiche, verzeihen Sie mir, wir müssen Ihren Herrn Gemahl identifizieren.“ Das waren die Worte des Polizisten gewesen.

Ich schniefte ein wenig und erhob mich dann. Gestützt auf seinen Arm verließ ich die Konditorei. Er war muskulös und fesch anzusehen, und ganz gerne hätte ich stolz das Kinn in den Himmel gestreckt. Seht nur, mit was für einem attraktiven Mann die unterwegs ist, hätten sich die Leute da gedacht. Doch das schickte sich nicht, schließlich war mein armer Karl soeben von einem Lastwagen überfahren worden. Also ließ ich den Kopf etwas vornübergeneigt in Richtung seiner Schulter fallen und folgte ihm zum Wagen. Er öffnete die Türe und wollte mir beim Einsteigen behilflich sein, doch ich wehrte ab. Alles was recht war, aber so alt war ich dann doch noch nicht, konnte noch gut und flink in ein Auto einsteigen. Der Fahrer nickte betreten, er wusste Bescheid.

Während der ganzen Fahrt habe ich auf den Nacken des Polizisten gestarrt und an Pommes gedacht. Wie waren die damals, bei Mutter, nur auf die Idee gekommen, uns Pommes zum Mittagessen zu geben? Hätte ja leicht sein können, dass ich nie mehr in meinem Leben Pommes angerührt hätte, und wo diese doch zu meinen Lieblingsspeisen gehörten.

Dann kam der Wagen zum Stehen, das Gebäude an der Rückseite der Klinik war alt und schäbig. Galant öffnete mir der Polizist die Wagentüre und half, nur ganz wenig, beim Aussteigen. Im Normalfall hätte ich das gut alleine geschafft, doch das war ja kein Normalfall. Nein, schließlich lag mein Karl, oder das, was von ihm noch übrig war, irgendwo da drinnen und wartete auf mich. Also nahm ich die Hand des Polizisten und ließ mir beim Aussteigen helfen. Er bot mir seinen Arm an, und so sind wir zusammen durch das alte Portal geschritten. Und wie ich da so ging, musste ich an unsere Hochzeit denken. So war ich doch neben Karl aus der Kirche gewandelt, damals war noch alles in Ordnung gewesen. Es muss dieser Gedanke gewesen sein, der mir nun doch noch die Tränen in die Augen trieb. Hinter uns hatte der Fahrer die Türe geschlossen, und ich konnte die Kälte spüren. Auf keinen Fall sollte mein weißes, gestärktes Taschentuch mit schwarzer Schminke verunreinigt werden, und so nahm ich das Papiertaschentuch aus den Polizistenhänden dankend an.

Bei Mutter hat das die Nachbarin erledigt, wir Kinder waren ja noch zu klein, sonst hätte ich gewusst, wie das geht. Aber so war ich völlig unvorbereitet auf das, was kam. Zuerst musste ich mich setzen und dann haben sie Fragen gestellt. Papiere wurden ausgefüllt, ob mein Mann einen roten Pullover getragen hätte, heute. Ich habe nur genickt und das Schluchzen unterdrückt. Irgendwie war das Ganze doch sehr traurig, vor allem all die Gesichter von diesen Leuten um mich rum. Sie brachten mir Wasser und einen Kaffee, ich könne auch was Stärkeres haben, meinten sie. Das, was nun kommen würde, sei nicht ganz einfach. Nun, das konnte ich mir denken. Wie sollte ich denn erkennen, dass es mein Karl ist? Solche Begegnungen mit einem Lastwagen sind nicht sehr vorteilhaft. Seltsam nur, dass gerade den Karl ein solches Schicksal ereilte, nie hatte er von Unfällen oder gar von Lastwagen gesprochen.

Nach geraumer Zeit erhoben wir uns und schritten den Gang entlang. Geräuschlos öffneten sie die Türe und führten mich mit gesenktem Kopf in den Raum. „Wie in einen Gerichtssaal", schoss es durch meinen Kopf, nur war es da drinnen saukalt. Doch das musste wohl so sein, schließlich waren wir hier ja bei den Toten. Würdevoll schritt ich zum Wagen, noch verhüllte das grüne Tuch das Unglaubliche.

„Sind sie bereit?" Das war der Polizist, der mir diese Worte ins Ohr raunte.

Ich wollte „Ja" sagen, aber das Wort blieb mir in meinem ausgedorrten Rachen stecken. Also nickte ich und fasste seine Hand. Konnte ja nicht schaden, dachte ich mir. Zudem bekommt man nicht alle Tage solche Hände zu fassen.

Also standen wir da, Hand in Hand, und blickten auf den Arzt, der langsam das Tuch anhob. Nun ja, ich war ja nicht ganz ungeübt, hatte da schon meine Erfahrungen, aber das ging sogar über meine Kräfte. Denn es war nicht Karl! Der Mann, der da vor mir lag, war nicht meiner. Auch wenn nicht mehr viel zu sehen war, so viel stand fest. Dieser hier war von schmächtigem Körperbau und hatte dunkle Haare. Mein Karl hat weiße Haare und ist ein Hüne. Und der rote Pullover war weinrot, niemals hat Karl einen weinroten Pullover besessen. Doch das konnte ich den Herren nicht mehr sagen. Denn ich bin tatsächlich ohnmächtig geworden.

Erwacht bin ich in einem weißen Raum. Eine tüchtige Krankenschwester stand neben mir und flötete ununterbrochen: „Regen Sie sich nicht auf. Ich kann das ja verstehen, das ist natürlich ein Schock.“

Ganz versessen hat sie auf mich eingeredet, und es hat eine ganze Weile gedauert, bis sie mir zuhörte. Dann allerdings war es um ihre Ruhe geschehen. Wie ein Huhn, dem man eben den Kopf abgehackt hat, ist sie aus dem Zimmer gestürzt und hat mich verdutzt zurückgelassen.

Was für ein Tag, ja, da war doch endlich mal was geschehen!

Heute ist wieder Dienstag, kreativer Beschäftigungstag. Doch so ein Abenteuer erlebt man wohl nur einmal. Tausend Mal haben sie sich entschuldigt bei mir, sie hatten dem Praktikanten, das muss der Pickeljunge gewesen sein, aufgetragen, dem Herrn mit dem roten Pullover das Namensschild von meinem Mann anzuheften, denn während ihrem Beschäftigungstag waren die Leute dort immer angeschrieben. Leider hat der Praktikant den falschen Herrn im falschen Pullover zu fassen bekommen. Und so hatte sich die ganze Geschichte gefügt.

Mein Karl war auch abgehauen an jenem Tag, aber nicht unter den Lastwagen. Hätte mich gewundert, er hat ja nie davon gesprochen. An jenem Abend war er bereits zu Hause, als ich heimkam. Ist in seinem Sessel gehockt und hat gegrinst, was denn sonst. Dass sein Kreativer-Beschäftigungstag-Kollege überfahren worden war, davon hatte er natürlich nichts mitbekommen.

Und die Rosie, ich weiß nicht, wie oft sie die Geschichte erzählt hat. Ja, damals war ich berühmt, und wenn ich zu Rosie kam, drehten sich die Leute noch lange nach mir um.

Nun, so gesehen hatte jener Tag mein Leben wirklich verändert, ich war berühmt geworden, und der Polizist grüßt heute noch freundlich. Und meinen Karl hab ich auch wieder, wer will den schon, und freiwillig schon gar nicht. Aber immerhin leistet er mir Gesellschaft beim Warten. Auf die großen Ereignisse, die wirklich großen.

Manfred Schröder

Tuomas

Tuomas schoss den Stein durch ein imaginäres Tor. Volltreffer! Er wollte schon zum zweiten Schuss ansetzen, doch er hielt inne. Der Gedanke an Mamma war stärker als die Fußballweltmeisterschaft in seiner Phantasie. Er trug die neuen Schuhe heute zum ersten Mal. Und er kannte Mammas Wutausbrüche. Zwar kurz, aber nicht ungefährlich. So verzichtete er auf das Goldene Tor und war mit dem Ergebnis zufrieden. Er blickte auf seine Schuhspitzen. Zum Glück gab es keine Schrammen.

„Milano“, hatte sie betont. „Echtes Leder. Und das ist nicht billig.“

Papa war anders. Er war still und trank. Wenn auch nicht viel. Jetzt war er arbeitslos und trank ein bisschen mehr. Doch dies tat er fast nie zu Hause, sondern mit den Kumpels beim *Lalli**. Manchmal machte er Schwarzarbeit. Das Geld gab er Mamma. Dann wusste sie nicht, wie sie sich verhalten sollte, und schwankte zwischen Dankbarkeit und Jammern. Dass das Geld weder vorne noch hinten reiche und sie nicht wisse, wie alles bezahlt werden solle.

Tuomas hatte sich daran gewöhnt. Er war zwölf und schien unaufhörlich zu wachsen. So behauptete es jedenfalls Mamma.

„Auf dem Flohmarkt gibt es gute und billige Sachen“, erklärte des Öfteren Papa. „Tuomas könnte sie bestimmt tragen.“

Mamma kaufte jedoch alles im Geschäft. „Wir sind keine Bettler!“ Trotzdem vergaß sie nie, darauf hinzuweisen, wie schnell das Geld verschwand.

Papa nickte dann nur und schwieg. Oder er stand auf und ging zum *Lalli*.

Ab und zu steckte er Tuomas ein paar Euro zu; heimlich. „Ein großer Junge braucht schon mal etwas Geld."

Tuomas verstand nicht immer die Handlungsweisen von Papa und Mamma. Er lebte in seiner eigenen Welt, irgendwo zwischen Supermann und Fußballstars.

Am Samstag beim Frühstück hatte sich Mamma wieder in Rage geredet. Die Zeitung berichtete über einen Mann, der ein kleines Mädchen unsittlich belästigt haben sollte. Und dann davongelaufen war, als er Spaziergänger kommen sah.

„Und das alles hier in der Nähe des Parks."

Dann hatte sie Papa die Zeitung gereicht. „Das ist er!"

Die Polizei hatte eine Zeichnung anfertigen lassen. Ein älterer Mann mit traurigen Augen.

„Hoffentlich kriegen die den bald. Weißt du noch, im letzten Jahr?"

Dann war sie plötzlich aufgesprungen, aus der Küche gerannt und nach kurzer Zeit mit Liisa auf dem Arm zurückgekehrt. Liisa war Tuomas' kleine Schwester und drei Jahre alt. Mamma hatte geschnauft und war ganz aufgeregt. Als ob der Unhold sich schon in der Wohnung befunden hätte.

Nach einer Weile hatte sie sich beruhigt und Liisa auf Tuomas' Schoß gesetzt. „Pass auf, dass sie nicht herunterfällt."

Er konnte sich nicht erinnern, dass sie jemals auf den Boden gefallen wäre, wenn sie auf seinem Schoß gesessen hatte.

Mamma war dann zum Ofen gegangen, hatte mit den Töpfen herumhantiert und sich über die Unfähigkeit der Polizei wieder in Rage geredet.

Papa war aufgestanden. „Ich gehe zum Markt. Ohlson hat Arbeit für mich."

Ohlson war der Gemüsehändler, bei dem Papa manchmal aushalf. Mamma kannte ihn nicht, doch sie mochte ihn nicht leiden. „Der nützt dich doch bloß aus", ereiferte sie sich jedes Mal. Dennoch war sie froh über das Geld, das Papa nach

Hause brachte. Ebenso über das Obst und Gemüse, das er in großen Tüten heranschleppte.

Als Papa gegangen war, hatte Tuomas Mamma seine Hilfe angeboten. „Ich kann mit Liisa auf den Hof hinuntergehen. Sie kann dort im Sandkasten spielen.“

Natürlich hatte sie wieder ihre Zweifel gehabt. „Aber sei vorsichtig, dass nichts passiert. Kann ich mich darauf verlassen?

Tuomas hatte genickt. „Du kannst, Mamma!“

Sie hatte Liisa angezogen und selber hinuntergebracht. War zum Sandkasten gegangen und hatte ihn erst untersucht. „Dauernd laufen hier Hunde herum. Warum kann man sie nicht an der Leine halten!“ Und voller Sorgen war sie ins Haus zurückgekehrt.

So war es oft am Samstag.

Tuomas setzte sich auf eine umgedrehte Holzkiste, die jemand hatte liegen lassen. Hinter ihm lag der Park und vor ihm erhoben sich hochgezogene Mauern eines Hauses, welches sich noch im Rohbau befand. Eisengerüste umklammerten es wie riesige Spinnenbeine. Überall lag Material umher, das man am Freitag, wohl in Erwartung des Wochenendes, nicht mehr weggeräumt hatte.

Tuomas blickte den Wolken nach, die lustlos wie ein Sonntagnachmittag am Himmel dahinzogen. Ein Geräusch riss ihn aus seinen Gedanken. Er erblickte einen bärtigen Mann, der sich auf das Haus zubewegte und ein mit einem Strick zusammengehaltenes Bündel unter dem Arm hielt. Er trug einen langen, grauen Mantel und seinen Kopf bedeckte eine Wollmütze.

Tuomas kannte solche Männer. Manchmal saßen sie auf den Bänken im Park oder schliefen dort, wenn es nicht zu kalt war.

„Gesindel“, sagte Mamma immer. „Das Einzige, was die können, ist trinken. Zum Arbeiten haben die doch keine

Lust.“ Dabei schaute sie manchmal Papa an, als gehöre er auch zu jenen.

Kurz vor dem Gerüst blieb der Mann stehen und schaute nach oben. Als er sich umdrehte, durchzuckte es Tuomas. Das war der Mann, dessen Bild die Zeitung veröffentlicht hatte! Ja, er war sich ganz sicher. Sein Atem wurde schwer und vor seinem geistigen Auge sah er, wie ein bärtiger Mann, mit Liisa im Arm, aus dem Hof in den Park lief. Mamma rannte schreiend und mit erhobenen Armen dem Manne hinterher, während Papa hilf- und bewegungslos dastand.

Der Mann schien Tuomas nicht bemerkt zu haben. Er wandte sich dem Gerüst zu und stieg die Leiter hinauf. Oben blieb er stehen, schaute sich nach allen Seiten um, tat einige Schritte und blickte in das Innere des Hauses. Er suchte wohl eine Schlafstelle für die Nacht. Dann ließ er noch mal seine Blicke umherschweifen und trat ein.

Tuomas wurde ruhiger. Einen Moment blieb er noch auf der Holzkiste sitzen. Dann erhob er sich. Er fühlte sich leicht, fast schwerelos und ging auf das Haus zu. In seinem Kopf war nur ein einziger Gedanke.

Als Tuomas die Leiter erreichte, trat der Mann aus dem Inneren des Hauses und blieb an der Öffnung stehen. Er sah Tuomas, der nach oben stieg und die Bohlen betrat. Der Mann blickte verwundert, doch er sagte nichts.

Auch Tuomas schwieg. Wieder sah er Liisa in den Armen dieses Mannes und hörte ihr Schreien. Dann ging er auf den Mann zu. Auf dessen Gesicht erschien ein erstauntes Lächeln und sein Mund öffnete sich. Bevor er etwas sagen konnte, stieß Tuomas gegen seine Brust.

Der Mann riss die Arme zur Seite, um sich festzuhalten. Doch er griff ins Leere und er stürzte mit einem gellenden Schrei in die Tiefe.

Dann herrschte Stille.

Tuomas blickte nach unten, wo der Mann regungslos und mit verrenkten Gliedern auf einem Haufen Steine lag.

Er dachte an Mamma, die sich nicht mehr zu ängstigen brauchte, und an Liisa, die gerettet war. Er kletterte das Gerüst hinunter und verließ die Baustelle.

Im Park waren noch einige Eltern. Sie spielten mit den Kindern im Sandkasten oder saßen auf den Bänken und unterhielten sich.

Als Tuomas den grauen und trostlosen Hinterhof betrat, sah er Mamma, die sich weit aus dem Fenster des klobigen rötlichen Backsteingebäudes hinauslehnte. Sie spähte wie eine besorgte Glucke und als sie Tuomas gewahrte, rief sie: „Wo bleibst du bloß?"

Tuomas hob die Hand, trat ins Haus und stieg die Treppe hinauf. Mamma übergoss ihn mit ihrem Jammer. Dass niemand da sei um zu helfen, besonders am Samstag, wo es so viel zu tun gibt. Auch Papa ließe sich nicht blicken. Sie könne doch nicht alles alleine machen. Auf Liisa aufpassen, einkaufen, sich um die Wohnung kümmern. Zum Glück bekam sie keinen Wutanfall.

Tuomas nickte nur. „Papa ist doch auf dem Markt und hilft dort aus. Manchmal wird es etwas später." Seine Stimme war ruhig, um die Wogen zu glätten.

„Das weiß ich auch", zeterte sie trotzdem. „Doch schau mal auf die Uhr. Der hat sich bestimmt wieder überreden lassen und sitzt beim *Lalli*. Ich habe kein Gemüse und keine Kartoffeln. Kann man sich denn auf nichts verlassen?"

Tuomas konnte sich nicht erinnern, dass Papa jemals vom Markt zum *Lalli* gegangen wäre. Er blickte auf seine Uhr. Es war kurz nach vier.

Um fünf kam Papa nach Hause. Beladen wie ein Packesel. Mit Tüten voll Obst und Gemüse. Auch Kartoffeln hatte er mitgebracht. Aus seiner Brieftasche zog er ein paar Scheine und gab sie Mamma.

Und wieder kämpfte sie zwischen Empörung und Dankbarkeit. „Das Essen ist um sechs Uhr fertig", sagte sie schließlich.

Papa nickte nur und lächelte müde. Er setzte sich aufs Sofa und blätterte in der Zeitung.

Tuomas ging auf sein Zimmer. Es war klein, doch es gehörte ihm alleine. Es war sein Reich. Er legte sich aufs Bett, seine Augen wanderten zu dem Poster an der gegenüberliegenden Wand. Supermann flog durch die Luft. Eine aus den Klauen des Bösen gerettete Frau in seinen starken Armen. Tuomas lächelte. Auf dem Bild sah er sich selbst mit Liisa im Arm.

Der Samstagabend war wie fast jeder andere. Papa und Mamma schauten Fernsehen, wobei sie das Programm mit kritischen Bemerkungen kommentierte. Papa saß still da und trank ein Bier.

Tuomas hielt sich die meiste Zeit in seinem Zimmer auf. Hörte Musik und streifte mit seinen Helden durch eine andere Welt.

Am Sonntagmorgen beim Frühstück reichte Papa Mamma die Zeitung. „Hier, schau mal. Gestern hat man den Mann verhaftet. Du weißt, der das Mädchen unsittlich belästigt hat. Er hat alles zugegeben."

„Gott sei Dank", polterte sie los. „Ich möchte nicht wissen, wie viele solche Sittenstrolche noch frei herumlaufen." Dann blätterte sie weiter. Und vergaß natürlich, Papa die Zeitung zurückzugeben. „Und hier steht, dass ein Stadtstreicher vom Gerüst eines Neubaues herabgestürzt ist, hier ganz in der Nähe. Als man ihn fand, war er schon tot."

Tuomas stand auf

„Was ist?", fragte Papa. „Du hast fast nichts gegessen."

„Ich habe keinen Hunger."

Er blickte auf Liisa, die auf ihrem Stühlchen saß und fröhlich vor sich hin plapperte. Dann ging er nach draußen.

** Lalli: eine legendäre Bauerngestalt, die im 12. Jahrhundert Henrik, den ersten Bischof von Finnland, erschlagen haben soll.*

B. Richard

Verwischte Bilder

Das Pflegeheim macht einen angenehmen Eindruck. Zumindest gibt es auf den ersten Blick keine muffigen Klischees zu entdecken, aus denen üblicherweise sich in Bestürzung suhlende Fernsehreportagen zusammengemixt werden. Jene, in denen verwelkende Menschen wie Zombies durch trostlose Gänge tippeln, auf der verzweifelten Suche nach dem Weg aus der Kameraeinstellung.

Ich folge dem dicken, wippenden Hintern einer freundlichen Schwester, die mir erklärt, dass viele der Bilder in den Gängen von Menschen aus dem Heim stammen. Von Pflegebedürftigen, die immerhin noch ihre Hände bewegen können, und denen der Verstand noch befehlen kann, irgendwie Farben auf einer Leinwand zu verschmieren. Ich glaube, die haben direkt zum Ausdruck gebracht, was in ihren Köpfen los ist. Oder besser gesagt, nicht mehr los ist. Eigentlich ein Grund, hier schnellstens wieder zu verschwinden.

„Soweit es Sinn macht, fordern und fördern wir", erzählt mir die Schwester über die Schulter hinweg, mit einer Begeisterung, als würde sie mich durch eine Schule für besonders begabte Kinder führen. „Wir haben hier beispielsweise einen älteren Herrn, einen ehemaligen Schiffskapitän. Der hat früher Luxusliner kommandiert. Heute ist das Schachspielen der einzige Weg, mit ihm in Kontakt zu treten. Ich spiele gelegentlich gegen ihn. Er gewinnt jedes Mal."

Ich denke an dich. Schach spielten wir nie. Wir hämmerten aber mal beim exzessiven Herumficken Jeremys Schachbrett vom Tisch. Eine dieser offenen Partien, die er per Telefon mit irgendeinem seiner langweiligen Freunde zu spielen pflegte. Jeden Tag nur einen Zug. Ich musste mir ein Grinsen verkneifen, als Jeremy wissen wollte, wie das überhaupt passiert wäre. Du hattest was von „ungeschickt" und „nicht darauf geachtet" gestammelt. Irgendwie beschäftigte das den guten alten Jeremy aber noch den restlichen Tag. Sogar abends fragte er mich danach. Ob ich dabei gewesen wäre, als du sein geliebtes Schachspiel vom Tisch fegtest. Wie genau das denn passiert wäre. Ich hatte nicht antworten können, hatte ich doch gerade seinen Schwanz im Mund und ihn fast so weit, dass er hart wurde – weil ich hineinbiss, um nicht zu lachen.

„Gehören Sie zur Familie?", fragt mich die Schwester.

„Nicht direkt."

„Also ein guter Freund", stellt sie klar. Mehr für sich selbst. Offensichtlich braucht sie diese Klarheit. Ich hoffe, dass sie nicht weiter fragen wird. Sie fragt nicht weiter.

Als einen guten Freund von dir und Jeremy kann man mich schon bezeichnen, wenn man an unsere wilden Zeiten denkt. Aber das ist lange her. Der Abstand ist mittlerweile groß genug, um meine Erinnerung so bunt zu verwischen wie die Bilder in den Gängen des Pflegeheims. Erinnerungen an Momente mit euch, in denen wir manches Mal derart ineinander verschlungen waren, dass mir gar nicht mehr klar war, in wem ich gerade steckte oder wessen Mund sich gerade an mir zu schaffen machte. Und Erinnerungen an Diskussionen über Literatur, Malerei, Filme und über den Sinn des Lebens und all die anderen Themen, denen ich mich damals nur saufend und koksend nähern konnte. Ich habe aber auch viel von euch gelernt und es sehr genossen, wenn Jeremy uns etwas aus seinen aufregenden Büchern vorlas oder du am Klavier mit deinem wohlklingenden Spiel nie ganz zufrieden warst, während die getupften Melodien von Eric Satie eine tiefe Sehnsucht in mir entfachten, mehr von all dem zu hören und zu wissen.

Ich denke an Ravel und Debussy, Jeremys Erfüllung. Weich und anschmiegsam war er bei manchem ihrer verspielten Klänge geworden. Anfangs, bei unseren ersten Arrangements, hatte er mich noch wie eine Sache behandelt, mich nicht an seinen Passionen teilhaben lassen. Es hatte lange gedauert, bevor er zum ersten Mal meinen Namen aussprach, ohne dass es so klang, als würde er einen Hund rufen. Und dass er mich schließlich in aller Ruhe die *Pavane pour une Infante Défunte* hören ließ, während er mich dabei nur schweigend beobachtete.

Du hattest es von Anfang an gewusst, warum Jeremy mich in euer Leben geholt hatte. Und nie etwas dazu gesagt. Er hatte Geld, Macht und Einfluss genug, Lebensumstände wie Tapeten zu wechseln und Menschen wie Möbel zu platzieren, immer genau dort, wo er sie am liebsten haben wollte. Jeremy hatte mich organisiert, wie er nahezu alles in seinem Leben organisierte. Er hatte mich irgendwann irgendwo gesehen und mit dem Finger geschnippt. Es hatte Leute gegeben, die dafür sorgten, dass ich sofort einverstanden war und fortan sein Spielzeug wurde. Und ich hatte schon immer besonders dann gern und ohne zu klagen auf ein Fingerschnippen reagiert, wenn die andere Hand dazu mit einem dicken Geldbündel wedelte.

Du hattest dich erst später eingemischt. Zu einer Zeit, als der ruhelose Jeremy mal wieder auf neuen Pfaden unterwegs war und mich zurückließ, wie einen abgegriffenen Teddy. Du warst mir reif und aufregend unnahbar vorgekommen. Verführerisch üppig und für einen heimatlosen zwanzigjährigen Burschen, der ich damals war, die Gelegenheit, mit einer Hure ins Bett zu gehen und in den Armen einer Mutter aufzuwachen. Nachdem ich mich für gutes Geld lange Zeit nur auf deinen Mann konzentriert hatte, warst du am besagten Tag bei mir im Zimmer aufgetaucht, die Beiläufigkeit nur gespielt, als würdest du nach irgendetwas suchen, nach einem Buch oder einer Schachtel Zigaretten. In Wahrheit wolltest du mich prüfen. Du warst so erotisch, dass ich einfach nicht die Augen von dir lassen konnte und in jeder Bewegung etwas Besonderes zu entdecken glaubte. Früher hatte ich immer davon geträumt, mit meiner Deutschlehrerin zu schlafen. Nun schenkte mir das Schicksal ein reales Remake dieser Vorstellung. Und vom pickligen Nebendarsteller, der einst irgendwo im Schatten selbstbewusst grinsender Sieger zu verdorren drohte, hatte ich endlich zum Hauptdarsteller aufsteigen dürfen, zum Hauptdarsteller in meinem eigenen Leben.

„Komm her." Ganz sanft war deine Stimme in diesem besonderen Moment. Ehrfürchtig gehorchte ich dir. Du nahmst meine Hände. Mein Herz. Mich. Gierig bin ich in deine Wärme gekrochen, als hätte ich zuvor mein ganzes Leben lang gefroren. Aber für dich war ich wohl nur eine kleine willkommene Abkühlung. Jemand, der da war, als er da sein musste.

Oft wolltest du Einzelheiten über mich und Jeremy wissen. Sanft drückte ich dir meine Hand auf den Mund. Auch das wurde ein feines Spielchen für uns; dass ich dir deinen Atem nahm, während ich in dir war, bis dir schon fast die Sinne schwanden, dich dann erst wieder atmen ließ. Dir hat das sehr gefallen. Mir zu Anfang nicht so gut. Aber deine Leidenschaft, die dadurch explodierte, ließ es uns immer wieder tun. Und einmal sagtest du zu mir, dass es eigentlich eine verflucht aufregende Art zu sterben wäre, mit meiner Hand auf deinem Gesicht und meiner Liebe tief in dir.

Das mit uns beiden hätte tatsächlich fast der Beginn einer wirklich großen Liebe sein können. „Solange ich für dich Mrs. Robinson bin, ist es okay", sagtest du einmal lächelnd zu mir. „Wir müssen nur aufpassen, dass wir nicht plötzlich wie Harold und Maude wirken." Ich kannte weder Mrs. Robinson noch Harold oder Maude, aber ich kannte dich und hatte das Gefühl, du könntest für ein ganzes Leben reichen. Wäre ich doch damals schon fähig gewesen, die Gefühle für dich so klug auszudrücken, wie es in Jeremys Büchern immer zu lesen war!

So blieb ich zwei Jahre lang bei einem ergrauten Millionär und liebte seine Frau, die meine Mutter hätte sein können. Wir trieben es abwechselnd, und auch mal zusammen, nachdem klar geworden war, welche Konstellation sich da zwischen uns entwickelt hatte. Im Grunde genommen hatte Jeremy uns beide gekauft und bestimmte das Oben und Unten für uns und unsere Gefühle. Auch das hatte einen besonderen Reiz, keine Frage. Aber am schönsten waren die Stunden nur mit dir allein, jenseits der spöttisch lauernden Blicke des egozentrischen Dramaturgen, für den du viel zu viel Frau warst und ich viel zu dumm.

Dann war es vorbei. Jeremy setzte mich eines Tages vor die Tür. War der Meinung, ich hätte ihn beklaut. Warf mir vor, ich hätte in seinem Haus Geld und wertvolle Gegenstände mitgehen lassen. Hatte ich auch. Jede Menge sogar. Ich war ein kleiner, mieser Dieb, der nicht mal den Ehrgeiz verspürte, wenigstens ein großer, mieser Dieb zu werden. Am liebsten hätte ich eigentlich nur dich stehlen wollen, aber du hattest dein Herz gerade noch vor mir in Sicherheit bringen können. Ich wäre nicht der Richtige, sagtest du mir zum Abschied, kein Typ, mit dem man etwas aufbauen könne. Dein letzter Kuss entführte meine Seele. Eigentlich hast du mir mehr geraubt, als ich deinem Mann jemals hätte stehlen können.

So hatte es sich damals zugetragen. Es wurde eine schimmernde Erinnerung, die mir bald nur noch wie eine seltsame Geschichte vorkam. Eine Geschichte, die jemand anders erlebt und mir dann weitererzählt hatte. Mit all den typischen Übertreibungen. Mit mir hatte das kaum noch etwas zu tun. Nur dein Bild blieb mir in der Erinnerung, wie eine Perle in einer Muschel. Und all die Frauen, die nach dir kamen, hatten nie eine Chance gegen dich und waren mir fast immer egal. Sie waren da, damit ich sie nehmen konnte, um dabei an dich zu denken.

Mein Leben nach euch war komplizierter geworden. Wegen des Geldes, das ich mir damals verdient hatte. Und ich hatte es mir wirklich verdient! Optimistisch versuchte ich, mir eine unabhängige Existenz aufzubauen. Etwas mit Bestand und Zukunft. Aber wegen meiner Maßlosigkeit hatte ich das viele Geld sehr schnell unter die Leute gebracht und landete wieder in Sichtweite der Gosse – in meiner natürlichen Umgebung eben. Was auch immer ich in den folgenden Jahren versuchte, um mich über Wasser zu halten, die verrückten Zeiten mit dir und Jeremy gingen mir nie aus dem Kopf. Genauer gesagt: Du gingst mir nie aus dem Kopf. Jeremy hatte ich dann doch irgendwann vergessen. Ein stinkreicher, selbstsüchtiger Kerl, der immer rief „Was tust du nur mit mir? Was tust du nur mit mir?“, wenn man genau das mit ihm tat, was er wollte. Der mich erniedrigte, wenn er zu viel getrunken hatte. Und der mir einmal verschämt anvertraute, dass es ihn immer ganz besonders erregt hätte, an deinen Zehen zu lecken. Deine Zehen hatte ich allerdings niemals geleckt. Aber sonst wohl so ziemlich alles von dir. Wir waren ein verdammt gutes Paar! Entspannt. Exzessiv. Neugierig. Versaut. Ausdauernd. Fantasievoll.

Der Hintern vor mir hat zu wippen aufgehört. Die athletischen Waden sind zum Stillstand gekommen und Schwester Hat-Mir-Zwar-Den-Namen-Genannt-Aber-Ich-Hab-Ihn-Gleich-Wieder-Vergessen öffnete die Tür zu einem Zimmer. Deinem Zimmer.

„Sie kann sich kaum bewegen, nicht sprechen und nimmt auch nichts mehr wahr“, erklärt mir meine weiß bekittelte Begleitung ungeniert laut. „Schwerer Schlaganfall. Wurde auch viel zu spät gefunden. Aber man weiß nie so genau, was unsere Patienten wirklich noch von ihrer Umwelt wahrnehmen und was nicht. Brauchen Sie mich noch?“

„Haben Sie heute Abend schon was vor?“, frage ich zurück. „Wir könnten etwas zusammen unternehmen und Sie erzählen mir von jeder Person aus diesem Heim die Geschichte. Ich bin ein verdammt guter Zuhörer.“

Sie blinzelt mir schelmisch zu und entfernt sich lachend. Blöde Kuh! Ich habe den Vorschlag ernst gemeint. Sie sieht solo aus und ist garantiert empfänglich für Komplimente, wie all die traurigen Frauen, denen ich dabei helfe, mir zu helfen. Was sie wollen, weiß ich in der Regel. Einfach ist das nie. Für das, was ich will, müssen sie nur einmal kurz in ihre Handtasche greifen.

Eleonore! Ich erschrecke nicht, als ich dich sehe. Obwohl das, was ich sehe, furchtbar ist. Ich erschrecke nicht, weil ich schon einiges weiß. Schlaganfall. Toter Blick. Starre, ausgetrocknete Gesichtszüge. Eine lebende Tote. Als hätte dich irgendein blöder Neuzeitkünstler aus grauer Knetmasse flüchtig nachgeformt. Ich starre dich an. Du starrst irgendwo hin. Langsam gehe ich zu dir. Ganz dicht. Beuge mich vor. Sehe dich an. Versuche, mich in deinen Blick zu stellen. Aber er geht durch mich hindurch. Sanft küsse ich dich auf den halb geöffneten Mund. Vorsichtig, als könntest du bei zu starker Berührung zerbröckeln. Meine große Liebe. Meine größte Liebe! Der Schlaganfall hat so wenig Vertrautes von dir zurückgelassen, und ich frage mich, wie es wohl meinem Herzen geht, das in dir gefangen blieb. Vielleicht könntest du es mir jetzt zurückgeben?

Lange nachdenken darf ich nicht mehr. Ich muss sofort handeln, bevor ich es mir anders überlege und schwach werde. Entschlossen lege ich meine Hand auf deinen Mund und drücke dir mit dem Daumen und Zeigefinger die Nase zu. Dabei sehe ich dir die ganze Zeit in die Augen. Wie damals, als das Leben für uns beide zwar auch keinen besonderen Sinn hatte, aber genau das uns so unglaublich berauschend vorgekommen war. Dieses Mal werde ich dir nicht im letzten Moment wieder Luft zum Atmen geben.

Jeremy hat mir einen guten Anwalt versprochen, als er mich vor einer Woche von einem smarten Privatdetektiv aufstöbern ließ, um mir diesen Gefallen abzuverlangen. Und viel Geld. Natürlich hätte ich es auch ohne Geld gemacht.

Wenn dein Herz erst zu schlagen aufhört, was wird dann mit meinem Herzen geschehen?

Christof Ropertz

Der Feen-Agent

Das Telefon klingelt.

„Glaubst du an Feen?“, fragt mich eine weibliche Stimme.

„Wie bitte?“

„Glaubst du an Feen?“, fragt sie erneut.

„Wie meinen Sie das?“

„Nun, die Frage ist doch wirklich nicht kompliziert: Glaubst du an Feen?“

„Nein“, antworte ich.

„Dann schau doch bitte einmal unter deine Fußmatte.“

Bevor ich noch etwas erwidern kann, ist die Verbindung unterbrochen.

Nachdenklich durchquere ich die Diele und öffne die Haustür. Die zu oft getretene Sonne meines Fußabstreifers strahlt müde. Als ich die Matte hebe, lacht mich ein nagelneuer 500-Euro-Schein an.

Verwirrt schließe ich die Haustür. Ich zucke zusammen, als das Telefon erneut klingelt. Wahrscheinlich bekomme ich jetzt den merkwürdigen Scherz von einem meiner Freunde erklärt.

„Glaubst du an Feen?“

„Ja, ich glaube an Feen“, antworte ich verunsichert.

„Das ist gut, Mensch. Ich melde mich morgen wieder bei dir.“

Klick.

Das Telefon klingelt um zehn Uhr. Ich habe die ganze Nacht kein Auge zugemacht und über meinen geldscheinlegenden Fußabstreifer und Feen nachgedacht.

„Der Rat der Feen hat dich auserkoren, uns beim Kampf gegen die Kobolde zu unterstützen“, säuselt die bekannte Stimme. „Das Feenland ist in Gefahr. Die Kobolde versuchen seit Jahrtausenden, das friedliebende Feenland zu erobern. Bisher hat unser Verteidigungszauber alle Angriffe abwehren können. Keinem Kobold oder Troll ist es bis heute gelungen, die Grenze zwischen dem dunklen Wald der Kobolde und den saftigen Wiesen des Feenlands zu überschreiten. Doch Krocknick, der Anführer der Kobolde, hat zu einer List gegriffen. Er versucht nicht länger, die Grenze unserer beiden Länder zu überschreiten, sondern benutzt den Umweg über das Reich der Menschen. Daher hat der Rat der Feen Boten ausgesandt, um Helfer unter den Menschen zu finden, die an Feen glauben und bereit sind, für die gute Sache zu kämpfen."

Wie viel hatte ich gestern Abend getrunken? Mein erstes Delirium habe ich mir anders vorgestellt. Ohne hilfesuchende Feen. Und ohne Aufforderung zum Kampf. Das ist die krasseste Geschichte, die ich seit langem gehört habe.

„Na, da haben Sie sich echt den Richtigen ausgesucht", entgegne ich. „Der einzige Kampf, den ich seit Jahren führe, ist der gegen die Achtzig-Kilo-Marke auf meiner Waage und die liegt mittlerweile uneinholbar in Front."

„Der Rat der Feen hält dich für den Richtigen."

Spontan schießt mir eine Filmszene aus „Harry Potter" durch den Kopf. Der darin vorkommende Troll spielt trotz meines Schwabbelbauchs nicht in derselben Gewichtsklasse wie ich und er ist außerdem zwei Meter zu groß. Es ist offensichtlich, dass der Rat der Feen, zumindest was die Auswahl seiner Streitkräfte angeht, nicht über die nötige Weitsicht verfügt. Gut, ich habe 15 Monate beim Bund gedient. Im Luftwaffenmusikkorps als Klarinettist. Entweder haben die Feen meine Militärakte nicht richtig gelesen oder sie halten Klarinette für eine atomare Waffengattung. Nein, ich bin mir sicher, der Fee höflich aber bestimmt eine klare Absage erteilen zu müssen.

„Hören Sie, wer immer Sie auch sein mögen: Sie haben sich den Falschen ausgesucht. Ich bin nicht zum Kämpfen geschaffen. Ich habe nichts dagegen, mich zu bücken und 500-Euro-Scheine unter der Fußmatte hervorzuziehen; wenn es sein muss auch mehrmals täglich, aber gegen Kobolde und Trolle kämpfen ist nicht mein Ding. Tut mir leid."

„Du sollst doch nicht kämpfen", lacht sie glockenhell. „Wir brauchen jemanden, der uns mit einigen kleinen Hilfsdiensten unterstützt. Die Aufgabe ist nicht gefährlich und sie wird reichlich belohnt."

Das Wort Belohnung klingt wie Musik in meinen Ohren. Trotzdem bleibe ich skeptisch.

„Wir werden deine Hilfe während der nächsten ein oder zwei Tage benötigen. Deine Dienste vergüten wir mit 1000 Euro für jede angefangene Stunde, in der du für uns tätig sein wirst."

Knete statt Kampf. Das klingt wahrlich nicht schlecht. Steuerfrei. Denn kein Finanzamt der Welt würde eine Kontrollmitteilung ins Feenland schicken. Die haben nicht einmal deren Postleitzahl. Geld allein macht nicht unglücklich, denke ich mir und stimme zu.

Klick macht es.

Achtundfünfzig Minuten später ruft sie wieder an.

„Der Rat der Feen lässt dir Folgendes mitteilen: Geh bitte direkt nach unserem Gespräch zu der Telefonzelle an der Kreuzung Beethovenstraße/Höfingerstraße. In einem braunen Umschlag findest du ein Buch. Nimm es mit zu dir nach Hause und lies es sorgfältig durch. Ich melde mich in zwei Stunden wieder."

Das klingt nicht sehr aufregend. Ich bin ein wenig enttäuscht. Ich habe zwar deutlich gemacht, dass ich mich nicht mit Trollen, deren Keulen mehr wiegen als ich selbst, prügeln werde, aber ein bisschen mehr als ein Buch abholen und lesen hätte es doch sein dürfen. Die Observierung eines vier Meter großen Trolls wäre ganz nach meinem Geschmack gewesen. Den hätte ich zumindest nicht so schnell aus den Augen verloren.

Die Telefonzelle steht leer, abgesehen vom Telefon, einem zerfledderten Telefonbuch und ungefähr 300 klebrigen Kaugummis, von denen ich mindestens ein Dutzend unter meinen Schuhsohlen mit nach Hause nehmen werde.

Auf dem Telefonbuch liegt ein brauner DIN-A5-Umschlag. Erst im heimischen Wohnzimmer traue ich mich, ihn zu öffnen. Er enthält ein kleines Taschenbuch mit dreißig Gedichten und 2000 Euro, die wie Lesezeichen zwischen den Seiten stecken.

Bisher habe ich immer gedacht, Gedichte seien langweilig und öde. Jetzt halte ich den Beweis für meine Theorie in der Hand. Phrasen wie „blaugrüne Träume träumend grasten graue Elefantentanten auf sattigen Waldweiden“ fressen Löcher in mein Gehirn. Nach einer guten Stunde habe ich das letzte künstlerische Werk geschafft. Genau genommen hat es mich geschafft. Ich schwöre mir, den Namen des Autors für immer in mein Gedächtnis einzubrennen, um nicht irgendwann aus Versehen eins seiner Bücher zu kaufen. Und um ihn zu erschlagen, falls er mir jemals über den Weg läuft.

Das Telefon klingelt.

„Der Rat der Feen hat mich beauftragt, dir mitzuteilen, dass du das Buch wieder an die Stelle zurücklegen sollst, an der du es gefunden hast. Beeil' dich!“

Klick.

Das Wort „Höflichkeit“ scheint in der Feensprache nicht zu existieren.

Kaum bin ich wieder zurück, erhalte ich den nächsten Auftrag: „Auf dem Spielplatz Grasweg findest du einen Weidenkorb, über dem ein rot-blau kariertes Handtuch liegt. In dem Korb befindet sich Geschirr. Nimm den Korb mit zu dir nach Hause und spüle das Geschirr gründlich ab. Ich melde mich in zwanzig Minuten wieder bei dir.“

Dreckiges Geschirr spülen! Ich bin wohl der erbärmlichste Geheimagent aller Zeiten. Agent Nullnullabwasch.

Der Spielplatz ist zum Glück nicht weit entfernt.

Einige Mütter tratschen miteinander, während ihre Nachkommen sich um einen Dinosaurus Rex aus Plastik streiten. Wie alle Kinder tragen sie Schuhe mit Klettverschlüssen. Wenn die Jungs einmal heiraten, müssen sie wahrscheinlich unter *www.Schuhebinden.de* nachschauen, wie man richtige Schuhe zuschnürt.

Der Korb steht einsam auf der hintersten Holzbank. Soll ich ihn mir einfach schnappen und unauffällig davonschlendern? Ich beschließe, mir erst mal einen genaueren Überblick zu verschaffen.

Ein Junge stolpert über einen Holzstamm und beginnt zu plärren. Die Mutter springt sofort besorgt herbei und tröstet ihn mit einem echten 52-Zähne-Keks. Damit besitzt der Keks 44 Zähne mehr als derjenige, der ihn essen soll. Stellt sich die Frage, wer da wen beißt.

Nach fünf Minuten sammeln die Mütter das verstreute Spielzeug ein und rufen nach ihren Kindern. Ein guter Zeitpunkt zum Verschwinden. Ich nehme den Korb vorsichtig hoch. Das Geschirr scheppert unangenehm laut.

Angemessenen Schrittes (welche Schrittgeschwindigkeit ist angemessen, wenn man einen Korb auf einem Kinderspielplatz klaut?) überquere ich den Rasen. Niemand scheint Notiz von mir zu nehmen. Ich umrunde gerade die Rutsche, als der Ruf hinter mir ertönt: „Hallo du!“

Ich heiße Andreas und nicht Hallodu, also gehe ich ungerührt weiter.

„Hallo du, mit dem Korb. Warte mal!“

Das geht nun doch eindeutig an meine Adresse.

Warten ist vielleicht keine so gute Idee, wenn man ein Dieb ist, denke ich und mache einen auf schwerhörig. Tatsächlich schaffe ich zwei weitere Schritte. Dann packt mich eine riesige Hand von hinten. Nun, so riesig, wie die Hand eines Vierjährigen eben sein kann.

Ich drehe mich um. Der Keksfresser hält meine Hose fest. Kleine, klebrige Kinderfinger krallen sich in meine frisch gewaschene Khakihose. Ich würde nicht einmal fest zuschlagen müssen, um ihm sein Nasenbein zu brechen ...

„Du, Onkel, du hast dein Handtuch verloren." Er zeigt mit seiner anderen Hand (die ist natürlich sauber) auf das rotblaue Tuch, das vom Korb gefallen ist. Fünf Meter hinter mir liegt es im Gras. Sechs große und acht kleine Augen beobachten mich argwöhnisch. Ich bedanke ich mich artig und lege den Stoff wieder auf meinen (?) Korb.

„Du, Onkel, hast du nicht 'ne Süßigkeit für mich?", fragt mich der Metermann.

Wenn er sich das klebrige süße Zeug von meiner Hose abkratzen würde, könnte er sich damit eine ganze Woche lang den Magen verderben.

„Nein, tut mir leid, mein Junge."

„Du, Onkel, vielleicht sind ja in deinem Korb Bonbons drin?"

„In meinem Korb sind riesige Giftschlangen drin, die kleine Kinder fressen! Willst du eine?", flüstere ich und halte ihm den Korb genau vor seine Rotznase.

„Maaammmiii!!!"

Jetzt aber nichts wie nach Hause. Zwei Minuten für den Weg, falls das Handtuch an seinem Platz bleibt und noch vier weitere fürs Spülen. Im Korb befinden sich ein Fleischermesser, zwei Gläser, drei Teelöffel, eine Zuckerdose ohne Zucker (wie hätte ich den auch spülen sollen?), zwei kleine Teller und zwei 500-Euro-Scheine. Ich lege alles, bis auf die Euros (das wäre Geldwäsche gewesen), ins Spülbecken. Als ich die Aufschrift der Spülmittelflasche lese, muss ich grinsen. Fairy Ultra. Ist Fairy nicht das englische Wort für Fee? Zufälle gibt's!

Nach zweieinhalb Minuten ist der Abwasch geschafft und das Telefon klingelt.

„Hast du das Geschirr gespült?"

„Yes. With Fairy my Fairy."

Sie lacht nicht. Vielleicht kann sie kein Englisch. Für England sind wahrscheinlich andere Agentenanwerberinnen zuständig.

„Der Rat der Feen hat mich beauftragt, dir mitzuteilen, dass du das Geschirr mit dem Korb und dem Handtuch wieder an die Stelle zurückbringen sollst, an der du es gefunden hast. Ich melde mich in zehn Minuten wieder."

Klick.

Warum mache ich bei so etwas mit?, frage ich mich, nachdem ich auch diese Aufgabe erfüllt habe. Die Antwort liegt vor mir auf dem Tisch. Die Zahl 500 steht drauf.

Das Telefon klingelt erneut. Wer mag das wohl sein?

„Hast du den Korb zurückgebracht?"

Nein, ich war auf einem Polterabend. Danke für das Geschirr.

„Jawohl. Auftrag ordnungsgemäß ausgeführt. Ich stehe für weitere Aufgaben zur Verfügung. Außer Abwaschen, Abtrocknen und alles, was im Entferntesten mit Gedichten zu tun hat."

„Das ist gut. Der Rat der Feen hat mich beauftragt, dir mitzuteilen, dass du in deine Garage gehen sollst. Auf dem linken Regal steht eine Stahlkassette. Nimm sie mit ins Haus und verstecke sie irgendwo in deinem Kleiderschrank. Ich melde mich in zehn Minuten wieder bei dir."

Klick.

Die spinnen, die Feen! Oder sind es nicht die Feen, die spinnen, sondern ich? Ist mein blaues T-Shirt in Wirklichkeit weiß und die kurzen Ärmel sind überdimensional lang und quer über meiner Brust zusammengeknotet? Momentan ist mir allerdings kein bisschen schizophren zumute.

Wie erwartet finde ich die Kassette in meiner Garage. 1000 Euro liegen darunter. Der dumme Spruch meines Nachbarn „Herr Müller, mache se besser ihr Garaschedor zu, sonschd schdelld iine noch einer was nei" hat sich endlich bewahrheitet.

Fünf Minuten bleiben noch, um die Kassette in meinem Schlafzimmerschrank zu verstecken. Wo werden die Kobolde nicht suchen? Auf jeden Fall oben, denn sie sind ja klein. Das ist jedenfalls die landläufige Meinung, und eine andere habe ich nicht parat. Wenn ein Troll kommt, habe ich eben Pech gehabt.

Das Telefon klingelt pünktlich.

„Hast du die Kassette versteckt?"

„Ja", sage ich erschöpft.

„Das ist gut, Mensch. Der Rat der Feen hat mich beauftragt, dir mitzuteilen, dass du ein T-Shirt und eine Hose einpacken sollst. Nimm die beiden Kleidungsstücke und fahre nach Stuttgart in die Wilhelmstraße 34. Lege die Kleidungsstücke vor die linke Tür im dritten Stock. Keine Angst, du bekommst sie unversehrt zurück. Geh anschließend die Treppe in den fünften Stock hinauf und setze dich auf die oberste Stufe. Warte dort genau eine halbe Stunde. Behalte die Tür auf der rechten Seite im Auge und rühr dich auf keinen Fall von der Stelle. Das ist ganz wichtig, damit keine Kobolde eindringen können. Nach dreißig Minuten holst du deine Kleidung im dritten Stock ab und bringst sie in die Chemische Reinigung in Ditzingen. Den Abholschein heftest du an deine Pinwand im Flur."

Klick.

Nach mehr als zwei Stunden ist auch diese Aufgabe erledigt.

Plötzlich fällt mir auf, dass die Bezahlung für den Auftrag noch aussteht. Ich werde die Fee beim nächsten Mal danach fragen müssen.

Zu meiner Überraschung meldet sie sich heute nicht mehr. Anscheinend machen sie im Feenland pünktlich Feierabend.

Um zehn Uhr klingelt es an der Haustür. Kommt meine Fee jetzt persönlich vorbei? Vielleicht bringt auch der Postbote meine ausstehende Bezahlung von gestern. Ich bin insgesamt über zwei Stunden unterwegs gewesen. 3000 Euro stehen also noch aus. Freudig öffne ich die Tür.

Kommen die Postboten jetzt bereits zu dritt und tragen Uniformen, auf denen „Polizei“ steht? Ich habe nicht das Gefühl, dass jeder der Beamten tausend Euro für mich bereithält. Sie haben aber etwas anderes dabei: Einen Hausdurchsuchungsbefehl. Der Oberpolizist drückt mir das Dokument in die Hand und schiebt mich unsanft zur Seite.

Der Staatsanwalt erzählt folgende Version der Ereignisse:

Eine gewisse Elvira Braun ist genau zu der Zeit erstochen worden, als ich mich in ihrem Haus in der Wilhelmstraße 34 aufhielt.

Auf der Tatwaffe, einem Fleischermesser, befanden sich neben dem Blut der Ermordeten auch meine Fingerabdrücke (klar, ich hatte es gespült). Weitere Fingerabdrücke von mir wurden auf dem Klingelknopf der Ermordeten und jeder Seite eines Gedichtbands sichergestellt.

Auf meiner Hose und meinem T-Shirt, welche die Polizei gerade noch vor der chemischen Reinigungsmaschine retten konnte, befanden sich Blutspritzer, deren Analyse ergab, dass sie sich ursprünglich im Körper von Elvira Braun befunden hatten.

Die in meinem Kleiderschrank versteckte Kassette mit wertvollen Schmuckstücken gehörte der Ermordeten.

Die Tochter der Ermordeten sagt aus, ihre Mutter habe ihr von einem Bekannten namens Andreas Müller erzählt, der sie in letzter Zeit regelmäßig besucht hatte, um ihr Gedichte vorzulesen.

Den Ausführungen des Staatsanwalts zufolge hatte ich mir während der letzten Wochen das Vertrauen der alten gehbehinderten Frau erschlichen, sie überredet, eine Lebensversicherung zu meinen Gunsten abzuschließen, und sie dann aus Habgier ermordet. Nach der Tat hatte ich meine blutverschmierte Kleidung in die Reinigung gebracht und die

Schmuckkassette im Schrank versteckt. Alles, was er sagt, klingt sehr überzeugend.

Der Richter entscheidet, dass ich für 12 Jahre ins Gefängnis muss. Leider kann ich ihm schlecht von meiner Fee erzählen. Lieber in acht Jahren wegen guter Führung entlassen werden, als ein Leben lang in der Klapsmühle sitzen.

Wenn ich schon nicht das Gericht von meiner Version der Geschehnisse überzeugen kann, so beschließe ich zumindest, die Tochter der Ermordeten über den noch frei herumlaufenden Mörder zu informieren.

Als ich hinausgeführt werde, komme ich dicht an ihr vorbei.

„Frau Braun, auch wenn ich mich im Prozess auf Anraten meines Anwalts schuldig bekannt habe, so bin ich in Wirklichkeit dennoch unschuldig. Ich habe Ihre Mutter nicht ermordet. Bitte glauben Sie mir."

„Ich glaube dir", sagt sie und lächelt mich kalt an. Und dann fügt sie mit einer Stimme, die mir auf einmal sehr bekannt vorkommt, hinzu: „Aber glaubst du noch an Feen?"

Willi Brenner

Der Tod, der Selbstmord und das Leben danach

Jeder Tag hat seinen eigenen Geruch. Dieser riecht nach Weizenfeldern, in denen der Wind Wellen aus reifem Korn vor sich her treibt, und den Feldblumen, die an den Wegrändern gedeihen. Er riecht nach Trockenheit und dem Staub, den unsere Schritte aufwirbeln, nach der Sommerhitze, die prickelnd auf meinem Gesicht liegt.

Insekten summen durch die Luft, seit langer Zeit höre ich wieder das Zirpen von Grillen. Es ist ein Tag ohne Ende, so wie der blaue Himmel über uns. Ich kann den alten Tennisball mit aller Kraft werfen, es gibt keine Grenzen, nichts, das uns hält. Wir strecken unsere Körper, baden in der warmen Sommerluft, atmen ein wenig tiefer als sonst. Selbst der Hund wirkt verspielter, hört nicht auf umherzulaufen, obwohl es so heiß ist.

Es sind wunderschöne Stunden, weil ich sie mit dir verbringen darf. Kein Tag zum Nachdenken. Ein Tag zum Erinnern.

„Alles, was man dafür tun muss, ist morgens die Augen zu öffnen“, denke ich, während du mit dem Hund tollst.

Ich fühle die kleinen, weißen Tabletten in meiner Hand, spiele mit ihnen, lasse sie durch meine Finger wandern, während ich dich ansehe. Ich bin glücklich, denn ich weiß, es wird keinen Regen geben an diesem Tag, der strahlender nicht sein könnte. Wir werden uns lieben nach diesem Ausflug, auf schwarzem Satin, der deine weiße Haut für immer einprägt in meine Erinnerung. Es bleibt noch Zeit, bis der erste Tropfen vom Himmel fällt.

Das Mobiltelefon läutet. Ich vermute es irgendwo im Bett, schiebe die Fotos zur Seite, den halbvollen Teller vom Mittag, meine alte Wäsche. Ich folge der schwachen Klingelspur, wühle im Bettzeug und fördere am Ende doch noch mein Telefon zu Tage, neben der Fernsehfernbedienung, einem leeren Glas und zerfledderten Comics.

Es ist eine Frau, wenn auch nicht meine. Das enttäuscht, selbst jetzt noch. Die Dame ruft aus dem Pflegeheim an, in das mein Großvater vor Jahren schweren Herzens gezogen ist. Sachlich wird mir erklärt, dass der zunehmende körperliche und geistige Verfall eine Verlegung in die Bettenstation erforderlich macht. Die Schwester möchte den Beschluss mit einer Reihe von Fakten untermauern, zählt mit trockener Stimme einen Vorfall um den anderen auf, der meinen Großvater auf das Tiefste beschämt hätte, könnte er sich noch daran erinnern. Aber auch das klappt nicht mehr. Ich will das nicht hören, dazu respektiere ich ihn zu sehr, so willige ich rasch ein. Ich habe fünf Tage Zeit, das Zimmer zu räumen. Bereits jetzt gehört es ihm nicht mehr. Es gibt einfach zu viele alte Menschen, die sehnlichst darauf warten, ein kleines, tristes Zimmer mit den paar Habseligkeiten eines verbrauchten Lebens zu füllen. Also werde ich kommen, noch heute. Das verbessert meine Situation zwar nicht, aber es verändert sie zumindest.

Die Direktorin persönlich begleitet mich zu dem Zimmer. Sie hätte sowieso denselben Weg, meint sie. Vielleicht zehn, fünfzehn Jahre trennen sie von den Bewohnern und offensichtlich gedenkt sie, diesen Vorsprung zu halten, mit dunkelrot gefärbtem, toupiertem Haar und teurer Schminke. Sie trägt einen Damenanzug im Nadelstreif und ein kleines, goldenes Kettchen über der schwarzen Seidenbluse. Ihre hohen Absätze lassen markante Schritte in den langen, stillen Gängen widerhallen. Respektvoll weichen die Alten zurück, wo immer sie vorüberzieht. Ich kann die neugierigen Blicke sehen. Ich höre, wie Zimmertüren sich leise öffnen, und sehe faltige Gesichter, die verstohlen aus dem Halbdunkel schielen. Wann immer diese Schritte hörbar werden, passiert etwas. Jemand kommt in die Gemeinde oder jemand verlässt sie. Ansonsten lebt die Heimleitung in einer anderen Welt, hat mir mein Opa erzählt, dort, wo der Boden mit Teppichen ausgelegt ist und Grünpflanzen die hellen Räume zieren. Die Welt zwei Stockwerke unter mir, wo sogar Bilder an den weißen Wänden hängen.

Zimmer eins, drei, fünf. Sie öffnet mir die Tür, dann verabschiedet sie sich. Alles was nicht innerhalb der vorgeschriebenen Frist abgeholt wird, geht automatisch an das Altenheim, erklärt sie abschließend.

Ich stehe alleine in dem düsteren Gang. Ein Namensschild klebt an der Tür, aber sie hat seinen Namen nicht genannt. Nur die Nummer, mit beiläufiger Stimme. Zum ersten Mal wird mir klar, wie gering die Bedeutung des Lebens ist, mag es noch so lange gewesen sein. Man kann es fühlen, wie Existenzen hier langsam verblassen, in dem großen Speisesaal, dem Park, dem Cafe. Schließlich vergessen die Alten sich selbst. Dann ist es vollbracht. Aber das schreckt mich nicht. Im Gegenteil, die Selbstverständlichkeit, mit der hier zu Ende gelebt wird, lässt das wohlig warme Gefühl der Verantwortungslosigkeit in mir hochsteigen, als ich Nummer eins, drei, fünf betrete. Die Gewissheit, dass längst nicht alle Dinge so wichtig sind, wie man sie gemeinhin sieht, nehme ich zufrieden mit mir in den Raum.

Finanzielle Werte gibt es hier keine. Ein Schrank, eine Vitrine, ein Wandteppich. Zwei abgenutzte Stühle aus den Fünfzigern, einer rot, einer olivgrün, mit Stoffüberzug. Dazwischen ein zerkratzter Couchtisch. Die meisten Dinge hier waren schon alt, als ich als Kind meine Großeltern besuchte, an den Wochenenden. Von den Tellern mit Blümchenmuster, die in der Vitrine lagern, habe ich oft gegessen, einen sogar zerbrochen.

Der hölzerne Schrank ist voll mit alten Hemden und Anzügen, die mein Großvater seit Jahren nicht mehr getragen hat. Breit geschnittene Krawatten aus den Siebzigern, ein Paar polierte, schwarze Lackschuhe. Alles mit dem Duft von Naphtalin getränkt.

Draußen regnet es. Durch das kleine, nasse Fenster wirkt die Welt wie ein bewegtes Aquarell, ganz in Grau gehalten. Der Blick führt auf die Hauptsraße, in der das Leben pulsiert. Von der Straße aus kann man oft die Gesichter der Alten hinter den Scheiben beobachten. Wie vergessene Gespenster starren sie auf eine Welt, die sich viel zu schnell dreht für ihre verbrauchten Augen. Manche haben sogar noch Sehnsüchte, andere einfach nur Angst.

Ich wende mich ab, öffne eine der Schubladen. Mein Gesicht ist grau dieser Tage, die Augen sind müde. „Und wieder ein Gespenst, das auf die Straße stiert", denke ich voll Trotz. Tatsächlich habe ich den Anschluss verloren, wurde aus meinem Sitz geschleudert, während das bunte Lebenskarussell sich fröhlich weiter dreht, mit all den Lichtern und der Musik. An diesem Ort hier ist alles alt und starr, und die Ruhe tut furchtbar weh.

Die Schublade ist mit alten Fotos und Ansichtskarten gefüllt. Jede Menge Urlaubserinnerungen, auf einigen Bildern bin auch ich zu sehen, als kleiner Junge mit goldenen Locken und Zahnlücken. An die meisten dieser Ausflüge kann ich mich nicht mehr erinnern.

Tief unten, von all den Schichten aus Urlauben, Geburtstagen und Weihnachtsfesten überlagert, liegt eine andere Welt begraben. Diese Fotos am Grund der Lade strahlen keine Geborgenheit aus. Schwarz auf weiß grinst mich der Krieg aus dem Gesicht eines deutschen Soldaten an. Er steht neben meinem Großvater und einem dritten Mann. Mein Opa ist augenscheinlich der Jüngste. Noch ein halbes Kind. Sturmgewehr und Stahlhelm wollen nicht so recht zu ihm passen. Alle drei lächeln, als Hintergrund dient ein zerstörter Panzer, der wie ein riesiger Kadaver langsam in der Steppe verrottet. Im Vergleich zu den anderen ist das Grinsen des ersten Mannes echt. Ich bemerke auch, dass dieser Soldat ein wenig abseits zu den beiden anderen steht. Nicht seine Freunde, aber sein Krieg.

Das Portrait einer jungen Frau kommt zum Vorschein. Volles, dunkles Haar umrandet das Gesicht mit leicht asiatischem Einschlag, doch ihre Augen sind leer. Auch ihr Lächeln ist nicht echt. Ich glaube, sie würde lieber weinen, aber sie spielt ihre Rolle. Ihr fröhliches Gesicht ist so voller Hoffnungslosigkeit, dass es mich anzieht. Meine Fingerspitzen gleiten sanft über ihr Bild. Nein, da ist keine Lust, obwohl sie hübsch ist. Vielmehr möchte ich ihr Schicksal kennen und es teilen. Ein Stück des Weges mit ihr gehen, solange der Augenblick besteht. Zu gerne hätte ich ihr gesagt, dass ich heute hier sein werde, um sie damals zu trösten.

Die letzten beiden Bilder sind blankes Grauen. Menschliche Leiber hängen schlaff an eilig zusammengezimmerten Galgen. Männer und Frauen, die Köpfe durch den Strick unnatürlich schräg gelegt. Ich kann sehen, wie ihre Körper sich langsam um die eigene Achse drehen. Rundherum stehen Soldaten, rauchen, reden, machen Pause. Ich zähle zehn Gehängte. Manche tragen russische Uniform, andere Zivil. Hinter dem Galgen breitet sich endlose Steppe aus. Am rechten Bildrand lodert ein gewaltiges Feuer. Dunkle Rauchschwaden hängen träge über der Szenerie. Das Bild hat etwas Apokalyptisches. Ich betrachte die beiden Aufnahmen nur kurz, bin unangenehm berührt, denn diese Menschen sind wirklich tot. Umgebracht. Darauf war ich nicht vorbereitet. Nervös suche ich nach dem Gesicht meines Großvaters unter den Soldaten, habe Angst, er könnte einer von denen sein, die lächeln. Wie sollte ich mit diesem Mann dann umgehen, der nun zweimal täglich die Windeln gewechselt bekommt?

Ich habe nur die Aufnahmen vom Krieg mitgenommen. Es ist nicht richtig, das Leid anderer zu benutzen, aber es hilft, das eigene zu lindern. Es beschäftigt mich. Besonders das Bild der jungen Frau hüte ich auf dem Heimweg, beschädigt ist es schon genug. Geknickt, verblichen, verschmutzt.

Würde ich es jetzt verlieren, hätte ich rückwirkend eine Geschichte ausgelöscht, vielleicht ein ganzes Leben. Wer würde jemals wissen, dass es ein Mädchen mit diesem Gesicht überhaupt gegeben hat, an jenem Ort, zu jener Zeit? Allein die Möglichkeit, dass ich der Letzte bin, lastet schwer auf mir. Ich frage mich, warum mein Großvater diese Aufnahme gemacht hat. Was er mit ihr gemacht hat. Oder sie mit ihm.

Ich gehe heute früh zu Bett. Es ist kaum zwanzig Uhr. Die Bilder nehme ich mit. Mein ungemachtes Bett ist bedeckt mit Fotos, ich habe mich darin eingegraben, zugedeckt. Mir eingebildet, ich könnte sie sogar in der Dunkelheit unterscheiden, habe begonnen, Spiele zu spielen. Wie ein Ass ziehe ich das kleine Porträt der Unbekannten aus der Tasche und studiere es. Jede Einzelheit wird registriert und hinterfragt, bis das Bedürfnis zu schlafen so groß ist, dass es körperliche Schmerzen bereitet. Die Gespenster sollen keine Möglichkeit haben, mich zu quälen, weil ich nur an diese Unbekannte denke. Ich möchte ihr einen Namen geben.

Kaum zwei Stunden habe ich geschlafen. Es ist ein schreckliches, beinah hysterisches Erwachen. Gierig atme ich die friedliche Dunkelheit des Raumes ein. Ein grau-weißes Traumgeflecht hat mich in die Tiefe gezogen, in einen schwarzen Abgrund voll wogender Bilder. Als die Eindrücke ineinander übergehen, verstehe ich es. Ich habe etwas übersehen.

Ich reiße die Schublade auf, wühle, schiebe den nutzlosen Ballast zur Seite, bis die kleine Lupe zum Vorschein kommt. Das Portrait und die beiden Todesbilder liegen vor mir. Auf der ersten Aufnahme ist sie nicht. Eine der Frauen hängt mit dem Rücken zur Kamera, aber das sind nicht ihre Haare. Ich bin sicher.

Der Regen hämmert aggressiv gegen das Fenster, während ich das zweite Bild absuche. Übergroß zeigt die Lupe grausige Details der Erhängten. Verzerrte Gesichter, aus denen hervorquellende Augen leblos starren. Auf dieser Aufnahme hängt nur eine Person. Seitlich zur Kamera, sodass es nicht möglich ist, das Gesicht zu erkennen.

Doch da ist dieses volle, dunkle Haar.

Mein Körper verkrampft sich. Ich kann das Zittern in meinen Händen einfach nicht abstellen. Ich kenne diesen Schopf, als hätte ich tausendmal sanft darüber gestrichen. Dann ist da plötzlich die wahnsinnige Angst in mir, der Strick könnte sich weiter drehen, bis ich ihr Gesicht sehen muss.

Ich raffe die Bilder auf dem Bett zusammen, ihre, meine, einfach alle und schleudere sie weit fort von mir. Wie ein Schwarm aufgebrachter Schmetterlinge flattern die Fotos durch die Luft und verteilen sich auf dem staubigen Teppichboden.

Das ist der Zeitpunkt, um die Maschinerie in Gang zu setzen, an der ich schon lange gefeilt habe. Voll Freude beobachte ich, wie das Tempo sich stetig erhöht, mein Herz schneller und schneller schlägt. Es gibt keine Bremse und keinen Notfallschalter, weil ich einfach keine Angst spüre. Ich habe mir oft vorgestellt, diesen Moment müsse man weinerlich im Bad zubringen, oder im Bett, mit geröteten Augen und schmerzender Kehle. Denn Weinen ist Schwerarbeit. Aber all das trifft nicht zu. Der Gedanke, auf meinen persönlichen Abgrund zuzurasen, erregt mich. Die Genugtuung wächst mit jeder Person, von der ich weiß, dass sie eine Rose werfen wird.

Ich öffne die letzte Flasche Rotwein und nehme einen großen Schluck. Ein heftiges Fieber befällt mich, Schweiß perlt auf meiner Haut. Ich reiße mir die Kleider vom Leib. Je näher es dem Ende zugeht, desto rasanter wird die Fahrt.

Und ich treibe es voran.

Kreisförmig habe ich die weißen Tabletten am Boden angeordnet. Ich setze mich in die Mitte und nehme die ersten zwei zwischen Daumen und Zeigefinger.

„Für jedes Foto, das mich quält", denke ich und spüle die beiden mit einem guten Schluck Wein hinunter. Ich fühle mich wie neu geboren.

Zwischen all den Bildern auf dem Boden findet sich auch das alte Portrait. Es liegt verkehrt herum, doch die ausgefransten Ränder und das abgegriffene Papier verraten es. Fiebrig proste ich der Unbekannten zu, mit dem Hinweis, die nächsten Tabletten seien nur für sie. Noch bevor ich etwas zu mir nehmen kann, antwortet sie. Ich habe es in all der Zeit versäumt, die Rückseite des Bildes zu betrachten, auf der etwas geschrieben steht. Vor langer Zeit mit feiner Feder verfasst, ist die schwarze Tinte an manchen Stellen schon ausgeblichen. Schwungvolle, lebenshungrige Linien formen Worte, die ich nicht lesen kann. Der Text ist in Kyrillisch. Nur ein Rufzeichen am Ende des ersten Satzes unterstreicht die Bedeutung der Botschaft.

Das Telefon läutet.

Es ist eine Frau. Meine Frau. Das berührt, selbst jetzt noch. Ihre Stimme klingt verlegen, ihre Worte sind unbeholfen. Sie schiebt Floskeln vor. Wahrscheinlich hat sie sich seit Stunden auf dieses Gespräch vorbereitet, das kleine, rote Mobiltelefon in den Händen gewogen, gewählt, aufgelegt, wieder gewählt und aufgelegt, noch bevor der Anruf mich erreichen konnte. Schließlich hat sie es dem Schicksal überlassen, vielleicht wäre ich ja nicht daheim, würde schlafen, hätte keine Zeit. Ich kenne sie.

Wie es mir geht, möchte sie wissen, und es geht mir gut, versichere ich. Was ich tue? Nichts Besonderes.

Wir umkreisen uns, verstecken uns hinter kleinen Mobiltelefonen und lauern auf die Worte des anderen. Wir analysieren, entwerfen und verwerfen Strategien, in Sekundenbruchteilen.

Sie wird nicht zurückkommen. Die nächsten Wochen wird sie mit Bekannten in Urlaub fahren, um auf andere Gedanken zu kommen. Es tut ihr leid, sagt sie, aber vielleicht sehe ja auch ich ein, dass es der richtige Weg sei. Sie fände es gut, dass man mit mir vernünftig reden könne, dass ich so ruhig und verständnisvoll wäre, und sie bedanke sich dafür.

Ich fühle die Tabletten in meiner schweißnassen Hand und mich befällt ein irrer Drang zu lachen. Mit aller Gewalt halte ich meine Stimme im Zaum, klinge ernst und verständnisvoll, wie jemand, der echte Größe besitzt. Ihr Ton ist nun sicherer, sie spricht ruhig und gleichmäßig. Ich höre ihre Worte, verstehe sie aber nicht mehr. Ich möchte wilde Grimassen schneiden, obszöne Gesten machen, so laut schreien, wie ich nur kann. Ich möchte, dass sie es weiß. Aber meine Stimme bleibt die reine Vernunft.

„Pass auf dich auf", sagt sie abschließend, beinahe zärtlich, bevor das Gespräch endet.

Dann ist es totenstill im Zimmer.

Ich möchte jetzt weiter trinken, aber die Gewissheit hat den Wein verdorben.

Ich betrachte das Bild meiner Frau, wie sie mit dem Hund spielt, an diesem heißen Tag. Ich kann die Kornfelder sehen und den blauen Himmel, der nirgendwo endet.

Ich kann ihr rotes Mobiltelefon sehen, wie sie es erleichtert aus der Hand legt, das entspannte Lächeln auf ihren Lippen, die gepackten Koffer auf dem Bett. Und ich kann mich sehen, wie ich nackt auf dem Boden hocke, in einem Kreis aus Schlaftabletten, umgeben von einem wirren Geflecht aus Fotografien.

Morgen werde ich aufräumen.

Schwerfällig schleppe ich mich zu meinem Bett und decke mich zu, denn ich friere. Ich lasse die Einsamkeit unter die Decke und warte gnädig auf ihre Umarmung. Es ist nicht schlimm, sich selbst in den Arm zu nehmen; ich glaube, niemand hat das je mit solcher Ehrlichkeit getan. Dann treibe ich fort in einem zähen Strom der Erschöpfung, so schwarz, dass kein Platz mehr ist für einen Traum.

Es ist ein grauer Morgen, kühl und bedeckt. Es regnet nicht mehr und die Straßen trocknen allmählich.

Ich bin in das Institut für Slawistik gefahren. Der Professor ist gerade nicht anwesend. Der Sekretärin ist mein kleines Anliegen offensichtlich unangenehm. Mein unsteter Lebenswandel und der andauernde Schlafmangel haben ihre Spuren hinterlassen. Außerdem rieche ich von letzter Nacht immer noch nach Alkohol. Ich glaube, die gute Frau hat ein wenig Angst vor mir. Als ich mich anschicke zu gehen, tritt eine junge Studentin an mich heran. Sie spricht ein wenig Russisch und könnte mir vielleicht helfen, meint sie. Ich möchte gerne wissen, was auf der Rückseite des alten Fotos steht.

Ihr freundlich lächelndes Gesicht verändert sich, während sie liest. Sie presst ihre schmalen Lippen aufeinander, wirkt ein wenig unschlüssig. Ich schließe die Augen, als mich ihre Stimme erreicht.

Die Botschaft ist kurz: „Bleib am Leben! In Liebe, Irina.“

István Kalász

Der Himmel dazwischen

P., mein bester Freund, und ich, wir haben uns vorgenommen, dass wir ein ganzes Jahr lang nicht weinen würden, und so wurde es. Zwölf Monate später dachten wir, das Jahr sei vorbei und in dieser Zeit wären wir stärker, klüger geworden, und niemand könnte uns erniedrigen. Wir haben nicht geweint. Nicht in der Schule, nicht zu Hause, wo unsere Väter mit dem Gürtel auf uns einschlugen, nicht hinter dem Wohnblock, nicht auf der Wiese, in der Nähe der Baustelle. Wo die schwächeren Kinder Regenwürmer essen mussten, wo wir den Ball abgeben mussten an die Stärkeren, wo wir die Flügel der Fliegen ausrissen, wo große LKWs standen, staubige Trucks aus Bulgarien, Ungarn ... und um die Kräne herum die Mädchen, die Nutten. Wo nachts geschrien wurde und die Polizei oft kam.

„Ja, das haben wir geschafft", sagte P. stolz und hat die erste Zigarette seines Lebens angesteckt.

„Ja", sagte ich auch. „Keiner kriegt uns, nicht wahr?"

„Dann machen wir weiter", sagte P. „Wir werden in unserem ganzen Leben nicht weinen, in Ordnung?"

So haben wir entschieden in jenem dunkeln, feuchten Keller unter dem Haus, dass wir von nun an nie weinen würden, und wer doch schwach werden sollte, musste es zugeben, dem anderen Bescheid sagen, weil er so den Kampf verloren hatte.

„Und so gehöre seine Seele dem Anderen", sagte ich ernst, weil ich es so gesehen hatte, nachts in den Horrorvideos, bevor der Mörder die Kettensäge hob.

Und es gelang uns.

Wir wurden erwachsen, hatten Jobs, Ehefrau, Chefs, die Freundin kam, die Scheidung kam danach, Krankheiten überfielen uns. Das Leben ist ein Haufen Müll, auch dieses Gefühl kannten wir. Und es gab Liebe, nachts einsames Trinken vor dem Fernseher, es kam vor, dass der Fernseher zertrümmert wurde, dass wir fühlten, das ganze Leben gehört zertrümmert. Ich stand auf Berggipfeln, still am Ozean, und ich verstand mit der Zeit, dass ich mit Frauen höflich sprechen sollte, dann sind sie auch nett zu mir, und ich habe begriffen, dass man die Möbel zudecken sollte, wenn man verreist. Genauso wie meine Großeltern und Eltern es taten. Und ich wurde irgendwann betrogen, bestohlen, und ich habe auch betrogen, gestohlen.

Dazwischen wurden unsere Eltern alt, die Väter starben, und wir dachten, wir hätten das Weinen überwunden. Ich hatte bis dahin wirklich nicht geweint. Und ich wusste: P. auch nicht. Er hätte es mir gesagt. Ja, es gab einige Augenblicke, aber dann doch nicht. Nein und nicht. So verging die Zeit, rannten die Jahre dahin, was weiß ich, wie man das schöner, klüger sagt mit der Zeit. Ja, ich wurde älter, meine Haare schütter, es passierte dieses, jenes, aber weinen?

Wir haben nicht geweint.

Und dann: Wir weinten doch. Am selben Tag.

Es gibt keine Zufälle? Ja, das Schicksal ist doch letztendlich willkürlich, Asche und Wind in einem, Chaos; wenn ich es mir überlege, nennen wir immer die Schläge im Leben Schicksal, und am selben Tag haben wir geweint. P. und ich.

An jenem Tag war ich gerade zur Hälfte meines Wunschalters gekommen, die Hälfte meines Lebens hatte ich um, nur meine Mutter lebte noch. Es war Sommer, Hitze, die Stadt war fast geschmolzen, die Straße stank, der Himmel schmutzigweiß. Ja, an diesem Tag saß ich im Auto. Ich fuhr dem Geld hinterher, jagte gerade raus in ein Industriegebiet, als mein Handy klingelte. Die Nachbarin meiner Mutter, ein altes Ekelweib, rief an, ich solle zu meiner Mutter kommen, es ist was passiert.

„Die Zeit ist wie das Kind, sie läuft immer weg“, sagte meine Mutter, wenn ich wieder keine Zeit für sie hatte, wenn ich mich wieder am Telefon rausredete, ich könne nicht kommen. „Ja“, antwortete ich dann, „die Zeit ist das Kind der Moral, ich weiß“, und dann lachten wir immer laut. Zusammen.

„Es ist eine ernste Sache“, sagte die Nachbarin, „Sie müssen wirklich kommen. Jetzt.“

Und ich fuhr los. Bog ab, raste über Sperrlinien, hupend über rote Ampeln, raste über den Fluss, und mir fiel ein, wie oft ich nach einer hübschen Frau so raste, aber so schnell fuhr ich zu meiner Mutter nie. Zu meiner Mutter, die vergesslich geworden ist. Sie schließt die Wohnungstür nicht ab, der Hahn tropft in der Küche seit Wochen, in der Wanduhr ist die Batterie schon lange leer, die Lichter brennen Tag und Nacht in der Wohnung, das Radio summt vor sich hin im Schlafzimmer, ja, so ist meine Mutter.

Dann kam ich an bei ihr, rannte die Treppe rauf, öffnete die Tür, die Wohnung war stickig, schwül, ja, im großen Zimmer saß sie da. Meine Mutter. Und ich sah sofort, sie ist verwirrt. Woher? Wieso wusste ich es sofort? Ich wusste es nicht. Ich fühlte es.

Sie saß am Tisch und sprach mich mit dem Namen meines Vaters an.

- Peter, ich weiß, du magst keine Kinder. Ja, du kannst mit Kindern nicht umgehen, ja, ich weiß es.
- Peter, wir müssen reden.
- So kann es nicht weitergehen.

Ich kniete vor ihr, und sagte, ich sei es, ich wäre hier, ihr Sohn, den sie schon so lange nicht mehr gesehen hätte, und der sich jetzt entschuldigen möchte. Und der Sohn würde jetzt Kuchen für sie bringen. „Mutter, den mit Mohnkuchen, den magst du doch so gern, oder?“

Sie lächelte und sagte leise, nein, den mit Maronen, den habe sie gern.

- Peter, wir müssen reden, fuhr sie fort.
- Ich würde für dich sorgen, du würdest alles haben. Aber es gibt hier etwas, Peter ...

So sprach sie leise, und ich habe verstanden, sie ist in der Vergangenheit versunken. Endgültig.

„Es freut mich", sagte ich endlich, „dass du verstehst, dass ich Kinder nicht mag, und ich muss dir sagen, auf dieser Erde kann keine Frau so gute Suppe kochen wie du."

Meine Mutter lächelte, sie streichelte mein Gesicht.

- Ja, Peter, aber jetzt muss ich mit dir über etwas reden. Es ist wichtig.
- Ich möchte wissen, heiratest du mich?
- Weil ich es wissen möchte, woran ich bin. Mit dir, mein Lieber. Die Frauen sind so, sie können nicht warten, das hast du neulich so gesagt. Ich liebe dich.

Ich küsste ihre kalte, faltige Stirn und ging dann ins Schlafzimmer meiner Eltern und setzte mich auf ihr Bett. So saß ich da, schaute die vergilbte Tapete an, während meine Mutter draußen im Wohnzimmer leise weiterredete.

- Peter, bist du da? Werden wir heiraten?
- Peter, ich will nicht vor dir weinen.

Es gab einen Schuhkarton im Schrank, hinter den alten Anzügen meines Vaters. Mit Bildern, Videobändern. Von ihrer Hochzeit. Wie sie so dastehen vor der Mauer. Auf einem anderen Foto stehen sie mit dem Pfarrer auf einem Platz. Zwischen den Verwandten. Hinter ihnen alte Autos, Typen, die es heute nicht mehr gibt. Rostige Fiats, Wolgas. Und über den Geschäften sind seltsam verschnörkelte Neonreklamen zu sehen. Mein Vater steht da in einem Anzug, meine Mutter mit einem ärmlichen Blumenstrauß in der Hand.

So saß ich da. Im Schlafzimmer. Das alte Radio summte, dieses passierte in der Welt, jenes passierte, ich saß nur da, schaute den Schrank an, in dem die Fotos lagen, und dachte, ich müsste die Bilder rausholen, ich müsste sie mir anschauen, damit ich genau wüsste, wie es an jenem Tag war ... Was für eine Krawatte trug mein Vater damals? Was für ein Kleid hatte meine Mutter an zum Heiraten? Wie war das Wetter? Schien die Sonne damals? War es windig? Überhaupt, was passierte in der Welt an jenem Tag? Meine Eltern haben mir nie über diesen Tag erzählt. Ja, Heiraten ist eine gute Sache, nicht heiraten ist aber eine bessere, steht in der Bibel irgendwo, aber das dürfte ich nie vor meiner Mutter sagen.

Ich holte tief Luft, draußen murmelte meine Mutter immer noch, dann stand ich auf, damit ich mich wieder vor sie hinstellen und sagen könnte: „Alles wird gut, Mutter."

- Ich erwarte ein Kind, Peter.
- Wenn du mich nicht heiratest, werden sie dieses Kind aus mir herausholen, Peter.
- Ich will nicht weinen.

„Ja, Mutter", sagte ich.

- Ich will nicht, dass sie dieses Kind aus mir rausholen. Ich weiß, du magst keine Kinder.
- Aber jetzt, Peter, musst du dich entscheiden. Ich habe genug gewartet.
- Ich verspreche dir, es wird kein anderes Kind mehr geben.

Ja, in diesem Augenblick fing ich an zu weinen. Weil ich plötzlich die Filzpantoffeln meiner Mutter sah. Sie trug sie verkehrt, die Nachbarin hatte ihr die wohl so angesteckt, keine Ahnung, wie es passieren konnte. Denn ich habe nie gesehen, dass meine Mutter irgendwas verkehrt getragen hätte, sie war ihr ganzes Leben lang sehr achtsam und penibel mit ihrer Kleidung.

„Ja", sagte ich, „hab keine Angst."

Dann ging ich raus, raus aus der Wohnung, raus aus dem Haus, unter den Himmel und rief P. an und erzählte, wie meine Mutter um Leben bettelte damals, und erzählte auch, dass ich weinte, weil ich ihre Pantoffeln sah.

P. schwieg, dann hörte ich, wie auch er leise zu weinen anfing, und dann legten wir beide auf.

Ich blieb da, unter dem riesigen Himmel, sah rauf, sah das Fenster meiner Mutter und wusste, ich muss rauf. Denn ich werde viel zu tun haben. Und in diesem Augenblick kam eine solch friedliche Ruhe über mich, wie ich sie noch nie in meinem Leben gespürt hatte.

Felix Clervaux

Der Mann, der vergewaltigt wurde

Sie war mir sympathisch, mehr aber auch nicht. Weil mir danach war, lud ich sie zu einem Getränk ein.

Sie saß mit gespreizten Beinen auf dem Barhocker neben mir und lächelte vor sich hin. Dann drehte sie sich mir zu. Ihr Blick wanderte nach dort unten, und als sich ihr Kopf wieder hob, sah sie mir direkt in die Augen. Ich verstand nicht. Oder wollte nicht verstehen.

Sie erzählte von ihrem prüden Elternhaus, von ihrer Arbeit, die sie langweilte, von dem Freund, der sie verlassen hatte. Sie war nett, mehr aber auch nicht.

„Wieso fahren wir nicht zu dir?", fragte sie, und ich überlegte, ob es richtig wäre.

„Wie heißt du eigentlich?"

„Kathrin, ich heiße Kathrin."

Irgendetwas sagte mir aber, dass sie log.

Im Auto weigerte sie sich, den Gurt anzulegen. Ich ließ sie gewähren. Als ich an einer Kreuzung stark bremsen musste, knallte ihr Kopf gegen das Armaturenbrett. Es sei nicht weiter schlimm, meinte sie. In einer Kurve prallte sie mit der Schläfe gegen das Seitenfenster. Sie sagte, es täte ihr leid. Sie hätte wohl zu viel getrunken.

In meiner Wohnung fragte sie, wo die Küche sei, fremde Küchen fände sie interessant. Ich lachte und zeigte sie ihr.

Dann musste ich auf die Toilette.

Als ich zurückkam, fand ich sie im Schlafzimmer nackt auf dem Bett.

„Bitte nicht, nicht so", sagte ich zu ihr. „Zieh dich wieder an."

Als ich mich über sie beugte, riss sie ihre rechte Hand unter dem Kissen hervor und streckte mir das große Fleischmesser aus meiner Küche entgegen.

„Wenn du ihn nicht hochkriegst, steche ich zu", drohte sie. „Zieh dich aus."

Aus Angst tat ich, wie mir geheißen.

„Es geht nicht", jammerte ich.

„Keine Sorge, das wird schon gehen", sagte sie verächtlich und drückte die Messerspitze gegen meine Brust.

Ich schloss die Augen und dachte an Frauen. Viele Frauen. Andere, nur nicht sie. Langsam regte sich etwas.

„Stoß ihn rein!", rief sie. „Kratz mich! Schlag mich!"

Vielleicht hätte ich sie bewusstlos schlagen können, um zu entkommen. Doch wenn es nicht gelänge? So schlug ich nur leicht zu. Und schabte mit den Fingernägeln über ihre Brüste und ihren Bauch.

Sie biss die Zähne zusammen und verkrampfte sich.

„Das geht doch nicht", sagte ich.

„Halt dein Maul!", zischte sie. „Spritz es mir jetzt rein!"

Mir wurde schwindlig. Ich spürte eine Träne über meine Wange rollen. Dann kam ich. Ich weiß nicht, wie es gehen konnte, aber ich kam.

„Runter von mir!", befahl sie.

Voller Angst wich ich zurück.

Sie sprang auf. Das Messer immer noch in der rechten Hand ging sie ohne den Blick von mir abzuwenden zur Tür und verschwand.

Dann war Stille. Erleichtert ließ ich mich in den Sessel am Fenster fallen, die Tür im Auge.

Was war das? Was wollte sie? Ich verstand nicht.

Stürmisches Klingeln schreckt mich auf. Ich weiß nicht, wie lange ich geschlafen habe, und sehe auch nicht zur Uhr. Ich torkele zur Wohnungstür und öffne sie vorsichtig.

Draußen stehen zwei Polizisten, die mich sofort in die Diele zurückdrängen.

Von einem Mädchen sprechen sie und einer Anzeige. Von einer Vergewaltigung.

Ich stehe stumm da. Dann schlage ich um mich.

Doch sie überwältigen mich und einer legt mir Handschellen an. Der andere sagt: „Okay, das war's wohl."

Ich sitze ganz alleine in einer Zelle. Vorhin hat mich ein Rechtsanwalt besucht. Er sagte, er wolle meine Version hören. Ich habe ihm alles so erzählt, wie es vorgefallen war. Er sah mich nur seltsam an.

Dann redete er.

Von Fakten.

Minderjährig. Kratzer. Blut. Hämatome. Sperma. Haut. Zerrissene Kleidung. Messer. Fingerabdrücke. Gewebeproben. DNA.

Wenn ich mich jetzt geständig zeigte, wäre das strafmildernd.

Ich verstand nicht.

Christiane Stüber

Henriette

Henriette war seit jeher stolz auf ihre gute Haltung. Schon in ihrer Jugend hatte der Vater sehr auf einen aufrechten Gang geachtet. Er hatte sie den Spazierstock oder einen Regenschirm ins Kreuz legen lassen, wenn sie gemeinsam im Tiergarten spazieren gingen. Natürlich waren sie nicht nur zur Belustigung im Park herumflaniert. Der Vater hatte sie lateinische und griechische Sprüche aufsagen lassen. Er war der Ansicht, dass frische Luft und ziemliche Bewegung auch dem Gedächtnis eines Mädchens nur förderlich sein könnten. Henriettes Vater war Lehrer für alte Sprachen und Geschichte am Lyzeum. An die Mutter kann sie sich nicht mehr gut erinnern. Freilich hätte der Vater lieber einen Sohn gehabt. Das hatte er oft zu Henriette gesagt. Den hätte er dann Herrmann genannt und, je nach Begabung, zum Studieren oder zum Militär geschickt.

Henriette paukte die lateinischen und griechischen Sprüche, wie man es von ihr verlangte. Sie besuchte die Haushaltungsschule und lernte, wie man als künftige Gastgeberin den Esstisch hübsch für eine Gesellschaft herrichtet, wie man zum Braten eine anständige Sauce bereitet und auch im Übrigen eine gute Ehefrau ist. Sie hielt sich bei alledem außerordentlich gerade. Und sie wartete.

Der aufrechte Gang ist das Einzige, was Henriette von damals geblieben ist. Ihre Haare sind ergraut und dünn geworden. Trotzdem trägt sie noch immer einen Dutt, auch wenn die schönen Perlmuttkämmchen seit ein paar Jahren nicht mehr richtig darin halten wollen. Seit ihr Mann Leopold gestorben ist, hat sie ihre Garderobe völlig auf Schwarz umgestellt. Gelegentlich lässt sie eines der knielangen Kleider ändern, je nachdem, ob sie etwas dicker oder dünner geworden ist.

Henriette hat nie viele Freundinnen gehabt. Die, die sie hatte, sind tot. Nach der Beerdigung der letzten Freundin, auf dem Dorotheenstädtischen Friedhof nämlich, hat sie sich den Pudel gekauft. Den Pudel hat sie nach ihrem verstorbenen Mann Leopold genannt. Das ist hilfreich, denn sie bringt Namen schnell durcheinander. Es stört sie auch nicht, dass Leopold eigentlich ein Mädchen ist.

Mit dem Pudel geht sie dreimal am Tage um den Block. Jeden Tag führt sie ihr Weg dreimal am Charlottenburger Rathaus, am Stadtbad und an der Deutschen Oper vorbei. Jedes Mal zieht Leopold sie auf Höhe des Stadtbades an eine bestimmte Hausecke, schnüffelt und hebt das Bein, denn auch Leopold selbst hat bereits vergessen, dass er eigentlich ein Mädchen ist. Und immer wenn Leopold das tut, zerrt Henriette ungeduldig an seiner Leine und stößt so wüste Beschimpfungen und Todesdrohungen zwischen ihren dünnen Lippen hervor, dass vorbeieilende Passanten verblüfft stehen bleiben und das Schauspiel, das die alte Dame da mit dem weißen Hund spielt, mit offenem Munde verfolgen. Manche Frau, die das miterlebt, fürchtet sich plötzlich vor dem Altwerden und ist am Abend besonders nett zu Mann und Kind.

Fast alle bemitleiden sie den unschuldigen Leopold. Aber Leopold kennt es ja nicht anders. Für ihn gehört sein keifendes Frauchen genauso zum Geschäft wie die vielen verschiedenen Charlottenburger Hundedüfte an den Häuserecken. Aber Henriette, die ärgert sich noch immer über so manches – nur daran denkt natürlich keiner.

Henriette hatte ihren Leopold eigentlich nicht heiraten wollen. Aber der trug eine Uniform, die eines Polizeihauptmeisters, und hatte es schnell fertiggebracht, Henriettes Vater mit eben dieser und seiner sicheren Beamtenstellung für sich zu gewinnen. Außerdem war der Vater der Meinung gewesen, dass Henriette mit ihren damals bereits fünfundzwanzig

Jahren nicht mehr allzu wählerisch sein durfte und dass sie mit dem Leopold doch eigentlich noch großes Glück gehabt hätten. Da ließ sich auch nicht einwenden, dass Leopold schon bei seinem Heiratsantrag hängende Backen und einen Schmerbauch hatte.

Dabei war Leopold ein guter Ehemann. Er mietete ihnen eine schöne Wohnung in Charlottenburg. Henriette bekam ein Dienstmädchen und ein Chaiselongue. Kinder bekam sie keine. Leopold hatte geregelte Arbeitszeiten und ein gutes Einkommen. Er rauchte nicht und trank wenig. Er liebte seine Frau und hätte sie gern glücklich gemacht. Aber Henriette war so unglücklich wie man es mit einem liebevoll sorgenden Ehemann, einem Dienstmädchen und einem Chaiselongue nur sein konnte. Sie fühlte sich wie auf einem Abstellgleis, trockengelegt.

Nach den ersten Ehejahren war Henriette schon nicht mehr so zart und dünn wie früher. Sie war äußerlich ein gestandenes Frauenzimmer geworden, hatte gerundete Arme und entwickelte ein kleines Doppelkinn. Aber ihre Seele war nicht mit dem Körper mitgewachsen. Die Seele war immer noch so mager wie die eines sehnsuchtsvollen Mädchens. Es war eine Seele, die bluten wollte, aber kein Ventil dafür fand.

Die Tage verliefen im ewigen Einerlei eines geordneten Beamtenhaushaltes. Leopold verließ das Haus am frühen Morgen. Henriette aß einen Toast mit Orangenmarmelade, trank eine Tasse Tee dazu und schaute aus dem Fenster, bis Leopold zum Mittagessen nach Hause kam. Wenn er dann da war und seine Suppe schlürfte, empfand sie jedes Geräusch, das er verursachte, als eine Zumutung: das Schmatzen, das Klirren des Löffels auf dem Alltagsgeschirr und seine eintönigen Geschichten vom Charlottenburger Amt, die sich jeden Tag zu wiederholen schienen. Manchmal ärgerte sie sich sogar über seinen Gesichtsausdruck, ja seinen Geruch. Auf seine Fragen antwortete sie höflich, kurz und distanziert. Dabei hatte sie einen Kloß im Hals und spürte, wie sich ihr

Magen verkrampfte. Nach jeder Antwort presste sie ihre Lippen zu dünnen Strichen zusammen, sodass sie davon manchmal Kopfschmerzen bekam. Leopold hatte sich damit abgefunden, dass Henriette an nichts Interesse zeigen wollte. Er schob das auf ihren niedrigen Blutdruck. Er ahnte nicht, welcher Widerwille im Inneren seiner Frau schlummerte, wenn sie ihn beim Mittagstisch auf diese gewisse Weise mit verschlossenem Gesicht ansah.

Am Nachmittage las Henriette österreichische Literatur und fing an, vom Verrücktwerden zu träumen. Sie brachte das Dienstmädchen, das mit einem Medizinstudenten ausging, dazu, ihr Einzelheiten aus dem Seziersaal der Universität zu wiederholen, und sie kaute sich die Nägel blutig. Des Nachts, wenn Leopold ruhig atmend schlief, saß sie am Fenster und stierte den kühlenden Mond an. Sie selbst schlief schon lange nicht mehr. Wenn sie Leopold so friedlich in sein Federbett gekuschelt sah, stellte sie sich vor, wie sie ihn langsam umbringen, wie sie sich befreien würde.

Henriette ergänzte ihre Sammlung österreichischer Literatur nach und nach mit diversen medizinischen Büchern. Sie wollte sich informieren. Insulin erschien ihr eine gangbare Methode. Pilzgift oder Morphium eine andere. Als Leopold vom Arzt Cordanum verschrieben bekam, dachte sie daran, ihm die Dosis unmerklich zu erhöhen. Bei jedem gemeinsamen Mittagessen, in jeder schlaflosen Nacht malte sie sich eine neue Prozedur aus und wurde dabei zusehends freundlicher. Ihre Mordphantasien entspannten sie. Die Kopfschmerzen ließen nach; ja bisweilen lächelte sie Leopold sogar über die Suppenterrine hinweg an. Sie kaufte sich einen neuen Mantel, ging zum Friseur und erlaubte dem Dienstmädchen, auch unter der Woche manchmal Fleisch zu braten. Wenn der alte Unmut sich wieder bemerkbar machen wollte, überlegte sie sich eine neue Mordszenerie. Nur die allzu dramatischen Möglichkeiten ließ sie aus. Sie hielt nichts von zerschmetterten Körpern. Schließlich war sie stolz auf ihre humanistische

Bildung. Bei ihr würde alles ganz langsam und unauffällig zugehen.

Als Leopold dann tatsächlich bei einer der wenigen Schießereien im Bezirk zu Tode kommt, ist Henriette erschüttert. So hatte sie sich sein Ende nicht ausgemalt. Ein sauberer Kopfschuss. Man hatte sein Hirn vom Pflaster der Mommsenstraße kratzen müssen. Das war eine ziemliche Sauerei gewesen, erzählen sich die Leute.

Henriette saß nun wieder den ganzen lieben langen Tag auf ihrem Chaiselongue, sah aus dem Fenster und schwieg. Mit der Nagelschere schnitt sie sich stundenlang gebrochene Haarspitzen ab, so lange, bis ihr die Augen davon wehtaten. Das Dienstmädchen hatte es aufgegeben zu fragen, ob es zum Mittagessen ein Stück Fleisch braten sollte. Es glaubte, dass die Herrin am Tode ihres Mannes verrückt geworden war. Henriette war tatsächlich krank vor Schmerz, aber es war nicht der Tod von Leopold selbst, sondern die Tatsache, dass dieser so plötzlich und unabhängig von ihren Plänen eingetreten war, die sie grämte. Die Ehe hatte genauso geendet wie sie angefangen hatte – ganz ohne ihr Zutun. Sie fühlte keine Befreiung. Sie spürte ihr eigenes Gewicht wie eine unsägliche Last. Die alten Kopfschmerzen kehrten zurück, die Antriebslosigkeit saß ihr im Genick, und des Nachts stierte sie wieder auf den Mond, der ihren Geist nicht mehr kühlen mochte. Ihre Nägel waren blutiger denn je.

Morgens aß Henriette wie gehabt einen Toast mit Orangenmarmelade, zu Mittag einen Teller Suppe. Doch ihre Seele wurde dünner und dünner. Sie konnte das klirrende Geräusch, das ihr eigener Löffel auf dem Teller verursachte, nicht mehr hören. Sie war von den Geschichten, die ihr immer wieder im Kopf herumgingen, gelangweilt. Sie ertrug den Anblick ihres alternden Gesichts im Spiegel nicht mehr.

Endlich, als der graue Nebel der schönen Charlottenburger Mietswohnung sie bereits zu ersticken drohte, fasst Henriette das Dienstmädchen beherzt bei der Hand und bittet es, sich zu ihr auf das Chaiselongue zu setzen, um ihr ein wenig Gesellschaft zu leisten.

Drei Wochen später findet man es mit aufgeschnittenen Pulsadern und weit geöffneten Augen in der Damentoilette des Café Kranzler. Niemand hat bislang erklären können, was es zu dieser Tat bewogen haben mag. Der Medizinstudent, mit dem das Mädchen lange Zeit ausgegangen war, gab an, dass er es im letzten Monat nur noch selten gesehen hätte, dass es dabei zwar etwas verwirrt, aber doch voll jugendlicher Lebensfreude gewesen sei.

Henriette hat bei der polizeilichen Befragung wortlos auf dem Chaiselongue gesessen und sich die gespaltenen Haarspitzen mir der Nagelschere geschnitten. Als sie nach drei Tagen immer noch keine Silbe über die Lippen gebracht hatte und nicht aufhören wollte, sich die Haare zu schneiden, hat man sie in das Spandauer Johannesstift eingewiesen. Fürs Erste nur zur Beobachtung.

Und nun ist Henriette alt und hat nur noch den Pudel Leopold, der eigentlich ein Mädchen ist. Wenn der Leopold ein störendes Geräusch macht, wenn er das Bein an der Hausecke am Stadtbad hebt oder wenn er einmal unangenehm riecht, stellt sich Henriette vor, wie sie ihm am Abend geriebenes Glas unters Futter reiben wird. Dann lächelt sie kurz aus ihren dünnen Lippen. Wenn ihr dabei eine junge Frau begegnet, die möglicherweise gerade auf dem Weg ins Büro ist, dann denkt die vielleicht, wie gut so ein Hund der netten alten Dame mit dem aufrechten Gang doch tut und lächelt unwissend zurück.

Josef Haider

Die gar nicht mal so traurige Geschichte vom Puzzlebauer, der die Möglichkeiten im Leben erkannte und trotzdem nicht daran zugrunde ging

K. findet abends nur schwer Schlaf. Er hat ein Alter erreicht, in welchem der Körper nicht mehr so viel Schlaf braucht. Seit dem Tod seiner Frau drückt ihn zusätzlich die Einsamkeit. Er verbringt viele Abende damit, alte Bilder anzusehen. Bilder, die von seinem Leben erzählen. Einem Leben, das so nie mehr wiederkehren wird. Er hat oft gehört, er solle die Zeit sinnvoller nutzen und nicht nur in der Vergangenheit schwelgen. Deshalb suchte er sich ein Hobby. K. baut jetzt Puzzles. Nicht solche, die in Fabriken hergestellt werden, sondern einfache Puzzles, die von seinem Leben erzählen. Für sein erstes Puzzle nahm er sein Hochzeitsfoto zur Hand, klebte es auf einen Karton und zerschnitt es in wenige Teile. Er zerstreute die Teile und setzte sie wieder zusammen. Er hatte das unbeschreibliche Gefühl, ein Stück Vergangenheit wieder Wirklichkeit werden zu lassen. Endlich war wieder alles so, wie es sein sollte.

Im Laufe der Zeit bekam er mehr Übung. Die ausgewählten Bilder wurden immer größer und die Puzzle-Teile immer kleiner.

Eines Abends machte K. eine unglaubliche Entdeckung. Wenn er die Puzzleteile nach einem bestimmten Muster zuschnitt und wenn sie besonders klein waren, konnte er aus ein und demselben Puzzle unterschiedliche Bilder anfertigen. K. begann damit, seine eigene Geschichte neu zu gestalten. Sein Hochzeitsbild veränderte er so, dass er die Cousine seiner Frau heiratete. Die Frau, die er im Geheimen immer geliebt hatte. Auf ein Familienfoto zauberte er Michael hinzu, den Sohn, der ihm viel zu früh entrissen wurde.

K. wurde immer unruhiger. Er gestaltete sein Leben neu, erkannte aber auch, was er hätte anders machen können. Wieso hatte er eine Frau geheiratet, die er nicht liebte? Wieso in einem Beruf gearbeitet, der ihm nie Freude bereitete?

K. wurde immer unglücklicher. Sein Leben war reine Verschwendung. Er hätte so vieles besser machen können, aber er hatte versagt.

Alte Menschen haben meist einen gut gefüllten Medikamentenschrank. So auch K. Er nahm alle Tabletten, die er finden konnte, zerstampfte sie, gab sie mit etwas Wasser in ein Glas und wollte trinken. Er war bereit, seinem Leben ein Ende zu setzen. In diesem Moment packte er das Glas und schleuderte es zu Boden. Es zerbrach in Millionen Stücke. Er kniete sich in den Scherbenhaufen und weinte.

Stunden vergingen, ehe er sich wieder in den Sessel setzte und erneut mit der Arbeit begann. Diesmal veränderte er sein Hochzeitsfoto so, dass er Conny heiratete, seine Schwägerin, die er überhaupt nicht ausstehen konnte. Auch andere Fotos veränderte er zum Schlechteren. Es entstanden Bilder, die ihn traurig machten. Diese Traurigkeit hatte er aber nie erlebt.

„Aus Puzzles kann man vieles bauen", dachte er. „Man weiß im Vorhinein nicht, was daraus wird. Schönheit und Trauer liegen nah beieinander. Aber solange ich an den Puzzles baue und bereit bin, sie zu verändern, lebe ich!"

Susanne Weinhart

Vermächtnisse

Ich wusste nicht, ob ich meine Eltern vorbereiten sollte. Die ganze Fahrt nach Regensburg kämpfte es in mir, schlugen ein paar aufgepumpte Bälle gegen mein Gewissen, dieses mit den Jahren immer großmaschigere Tornetz. Allerdings traute ich meinem Großvater alles zu. Auch, dass er mich angelogen hatte. Foul an der Mittellinie quasi.

Es war schneeflockenstill im Auto, zu still für vier Personen. Der Tod hatte die Familie gestreift, besucht, hatte mitgenommen. Wieder etwas für seine calciumreiche Trophäensammlung. Mein Vater schaltete nervös das Radio an. Aus. An. Aus. An. Was hatten die auszackenden, sinusförmigen Kurven des Displays zu sagen, in nekrologischer Hinsicht? Viel. Nichts. Vor allem Yeah-Yeah-Yeah. Ich hatte Schwierigkeiten, an den Großvater zu denken. Der Stadionlärm fehlte, seine akustische Hängematte, das alte Radio in der Küche, das noch mit dicken Batterien lief und gebirgsbachartig rauschte. Davor war er bei meinen letzten spärlichen Besuchen immer gesessen, meistens waren es knarzige Cassettenaufnahmen von „Heute im Stadion", ich betrat das gelbe, niedrige Zimmer und wurde mit einem „Pssscht" begrüßt und einem herrischen Kopfnicken, das besagte: Sofort hinsetzen und wontorragenaue Spielanalyse. Lass die Eckfahnen flattern. Dann saßen wir zwei da, während die Eltern mit der Großmutter in Richtung Steinerne Brücke spazieren gingen, mit anderen Worten: vor der Versteinerung in die Versteinerung flohen. Großvater drehte wild an der Antenne herum, schrie gegen den tor-tor-toaaarrr-schreienden Gebirgsbach an und sprach jedem Spieler des FC Bayern nach ein paar bebenden Sekunden die Bundesligareife ab. So etwas wie ein guter Spieler existierte nicht mehr. Als das Spiel vorbeigerauscht war, haute der Großvater auf das scheinbar geschrumpfte Radio und grummelte in seinen getigerten Jesusbart hinein.

„So wird das nie was“, meinte er ingrimmig.

„Aber das Spiel war doch von 1997“, entgegnete ich.

„Egal – so wird das nie was. Dortmund ist denen auf den Fersen.“

„Nicht diese Saison.“

„Egal – denk an Dortmund. So wird das nie was.“

Dortmund war für meinen Großvater das, was Carthago für den alten Cato war, der seine Reden im Senat mit einem „Ceterum censeo Carthaginem esse delendam“ beendete. Dortmund war der Feind, der jederzeit in einer dunklen Ruhrpott-Ecke lauerte, um über den FC Bayern im Hunnenritt herzufallen und deswegen dringend auf 40 Punkte Abstand gehalten werden musste. Am besten wäre natürlich Exil gewesen, sprich: 2. Bundesliga, persönliches Utopia. Der gelbschwarze Mund aus „Dort-Mund“ war zu groß, zu gefräßig. Der BVB-Gewinn der Champions League 1997 klumpte sich in Großvaters gebeutelter Gefühlswelt zu Black Friday, Waterloo und Untergang der Titanic in einem zusammen. Ich glaube, getröstet hat ihn damals nur die Tatsache, dass Ottmar Hitzfeld danach als Trainer bei Bayern München anheuerte. Davon versprach er sich einiges, um den „Mund“ des „Kohlekumpelvereins“ zu stopfen.

Furchtbare Tiefs fielen nach jedem Spiel, unabhängig vom Ausgang, über den Großvater her, und ich war jedes Mal erleichtert, wenn meine Eltern nebst Großmutter zurückkamen und das zähe Gespräch in Richtung fleischiges Abendessen und Sabine Christiansens „Lattenzaunbeine“ lenkten. Lattenzaunbeine, ein Wort, das ich nur in der Von-der-Tann-Straße hörte, danach nie mehr.

„Da seid ihr ja wieder, wie Falschgeld“, hieß er sie willkommen und schaute drei Minuten grübelnd in den sperrangelweit aufgerissenen Kühlschrank, bis ihn die Großmutter an seinem rot-blauen Deutscher-Meister-FCB-Schal wegzerrte, bevor er mit den in Hamsterkäufen erworbenen eingeschweißten Goudaecken jonglieren konnte, was er in fußballerischer, tranceartiger Erregung gerne tat: „Abmarsch!"

Der Abschied fiel unwirsch und grummelig aus und in den im Flur zu wabern beginnenden Küchendunst hinein, meine Eltern waren beide berufstätig und drängten zur Heimfahrt, was mein Großvater jedes Mal persönlich nahm, sodass er beide ab den ersten Aufbruchssignalen komplett ignorierte und mich für alle Zeiten verdorben sah. Zumal mein Vater schüchterner Fan von 1860 München war, ein Verräter in der eigenen Familie. Er könnte den genetischen Defekt weitergeben – out of Regensburg.

„Nimm das mit Dortmund nicht auf die leichte Schulter, Mädchen", riet er mir dann bitter, „die kommen aus dem Nichts." Ich musste damals manchmal ziemlich dumm geschaut haben. Vorsichtig blickte ich nach allen Seiten, was da alles aus dem Nichts käme. Dortmund – das war die Allmetapher für die Dinge im Leben, die am Tor vorbeiliefen.

„Morgen hat sie erst mal eine Englisch-Schulaufgabe", meinte meine Mutter, „die sollte sie auch nicht auf die leichte Schulter nehmen", und schob mich zur Tür hinaus.

„Pah, Engländer!", rief Großvater hinterher, „alles Hooligans und Thatcher-Wähler! Die kann man doch nicht ernst nehmen! Dortmund schon!"

Die Fahrt hatte wegen dem starken Schneefall fünf Stunden gedauert. Müde stapften wir ein paar breite Holztreppen in einem Bauamt hoch, die Wände bekleistert von Plänen, Grundrissen, Fotos von irgendwelchen Bauten und Gebrüder-Asam-Prospekten. Vor dem Zimmer des Notars drängte sich erbbereite Verwandtschaft wie um einen Aldi-Wühltisch. Mein Vater platzte mit einem zynischen „Na, gibt's was umsonst?" in die gackernde schwarze, hauptsächlich weibliche Schar, die erschrocken auseinanderstob. 15 Stühle, zählte ich, sie waren voll. Voll von Leuten, die ich noch nie in meinem

Leben gesehen hatte. Verwandtschaft, ein dünner Begriff. Wir waren unter Fremden, unter rechnenden Geiern. Draußen schneite es blindmachend. Ich trat an das von außen verwehte und von innen angeschlagene Fenster und malte mit dem Zeigefinger Kreise auf das Glas, während sich hinter mir die Erwachsenen nach allen Regeln der Kunst anschwiegen. Großvater hatte Schnee gehasst. Bei Schnee konnte man kein Grün sehen.

„So", hatte mein zappeliger Großvater gesagt, als ich vierjährig auf seinen knorrigen Schultern in der Südkurve des Olympiastadions saß wie auf einer lichten Baumkrone, nachdem wir von der U-Bahn-Station hergezottelt waren, auf seinem zerzausten Haarnest alle halbe Minuten zuckrige Fanta verschüttete und mich in dem „HOENESS RAUS!!" schreienden und flaschenwerfenden Pulk akuter Lebensgefahr ausgesetzt sah, „die Roten da unten müssen gewinnen, sonst ade, schöne Meisterschaft, ade." Und er war für die nächsten 45 Minuten nicht mehr ansprechbar, meistens kaute er hypnotisiert auf den Fransen seines Schals herum, pfiff gellend oder murmelte Gebete in Richtung Anzeigentafel, in welchen Fußballheilige wie Paul Breitner oder Gerd Müller breite Partien einnahmen. Ich hatte die roten Fußballspieler schon im Fernsehen gesehen und Duplo-Abziehbilder von Lothar Matthäus, Wolfgang Dremmler und Jean-Marie Pfaff auf die schnörkeligen Antilopenbeine unseres Küchentischs geklebt, sehr zum Ärger meiner Mutter (auch sie im Glaubensvokabular: „o Gott, o Gott, o Gott"). Jetzt starrte ich trotz meines exponierten Schulterplatzes mehr in das Publikum unter dem bizarren Zeltdach als auf den ausgemergelten Rasen und die noch ausgemergelteren Spieler, voller Angst und magenzusammenreißendem Stolz, in dieser Männerwelt der klirrenden Bierflaschen, Zigaretten, wüsten Beschimpfungen („DU SAU / WICHSER / ARSCHLOCH / PFEIFE / DEPP") und XXL-Großkarohemden als fantatrinkender, weiblicher, schneewittchenverehrender Vierjahres-Fremdkörper schwankenden Einlass gefunden zu haben. Als ein schwitzendes Muskelpaket mit dem T-Shirt-Aufdruck „Was verstehst Du von Fußball??“ neben mir giftete: „Mensch, Pfaff, stell Dich bloß nicht so an!“, nickte ich fachmännisch. So geht das nicht, Jean-Marie, Du belgischer Engel. So groß ist das Tor doch auch wieder nicht. Tiefer, männlicher Fantaschluck.

Mein Großvater grummelte nur und blickte angespannt und verkniffen von links nach rechts, bereit, bei einem Gegentor als Atompilz über dem Stadion auszubrechen. Die enttäuschten Mienen der Männer um mich herum ähnelten diesem Tschernobylgesicht erheblich, ich wunderte mich, dass so viele Leute ins Stadion gingen, wenn sie es dort anscheinend unerträglich fanden. Der Grundzustand des Fans schien marianengrabentiefes Leid zu sein. Ich litt mit meinem Großvater, der sich der dunklen Macht der karminroten Hosen ergeben hatte. Ich litt mit dem an der Seitenauslinie tobenden Trainer, dem Herrn der Hosen. Und ich litt mit den 61000 Zuschauern, die genussvoll gefoltert wurden und, in ihrem Leid allein gelassen, hilflos auf das Grün blinzelten, obwohl sie doch hier eine glamouröse Auszeit aus ihrem mausgrauen Vorstadtleben mit Schwiegermutter, Kassenbrille und Meerrettichverkäuferdasein erwartet, ersehnt hatten.

Das Fanta war leer in der Halbzeitpause, aber von Großvater war fantabezüglich nichts mehr zu erwarten. Er diskutierte mit einem besessen dreinblickenden Wirtschaftsprofessor über verschiedene Welt- und Europameisterschaften, sie schrien sich an, um den rockigen Tina-Turner-Klangteppich und Olé-Olé-Super-FCB-Fangesänge zu übertönen. Ich klopfte derweil traumatisiert und verdurstet mit der leeren Plastikflasche auf seinen Kopf. Olé, olé.

„Das ist noch gar nichts, Junge – EM 1980, Finale gegen Belgien, die Reingabe von Förster an Hrubesch! Die Bombe, der spitzbogige Kopfball!“

„Ein annus mirabilis!“

„Was?“

„Saugutes Jahr halt!“

„Kann man lassen.“

Mein Großvater bekam wieder das Tschernobylgesicht und schaute den Professor mit dem Besessen-Gesicht misstrauisch an. Zu viel Euphorie, das vertrug er nicht. Seine Uhr schrie Alarm wie ein Babyphon. 16 Uhr 30. Es war Zeit für „Stirb langsam II“, die elende 2. Halbzeit. Großvaters Augen funkelten, kontrolliert offensiv, ganz im Sinne Otto Rehhagels. Am Zwischengang trugen Sanitäter an fasziniert glotzenden Zwölfjährigen eine bewusstlos gewordene Frau vorbei, deren lange blonde Haare loreleyartig in das rote, dosenwerfende Schalmeer hing. Großvater kommentierte gewohnt knapp und gewohnt verächtlich: „Frauen!“ Der Wirtschaftsprofessor dagegen schüttelte bedenklich den klugen Kopf, als müsste er die Performance der Telekom-Aktie kommentieren, und führte lang und breit aus, ein Werderfan könnte sie – undercover – ausgeknockt haben. Ich verstand gar nichts. Großvater sah ihn an wie einen weiß gekleideten Kaminkehrer. „Frauen!“, zischte er. Und, eine Zehntelsekunde später: „ABSEITS!!“ Frauen und Abseits, das lag schon dicht zusammen in Großvaters Welt, die letztendlich eine Halbwelt war.

An dem u-förmigen Notartisch war für mich kein Platz mehr, ich lehnte mich als Einzige gegen die mit Buchenholz verkleidete Wand und fragte mich, wann der Zirkus denn endlich losginge, wo die Affen sich schon versammelt hatten. Bananen für alle. Wie ich von meinem Vater wusste, hatte mein Großvater kaum mehr das Geld für die Beerdigung der Großmutter aufbringen können, die Wohnung in der Von-der-Tann-Straße war seit einem Jahr verkauft und zur Tilgung diverser Schulden hergenommen worden. Mein Vater hatte ihm ein paarmal stillschweigend ausgeholfen. Woher die Schulden kamen, wusste ich immer noch nicht. Ich vermutete Fußballwetten, und wahrscheinlich lag ich dabei gar nicht so falsch. Natürlich hatte der Rest der Verwandtschaft keine Ahnung, dass von dem Vermögen des Spenglermeisters rein gar nichts mehr übrig war. Ich dachte an das „Spiel des Lebens“ und sah rote ZAHLTAG-Felder vor mir blinken, auf welchen 15 Autos mit rosa und hellblauen Insassen saßen. Da würde Hupen nichts nützen, auch nicht Felder wie „Eine Tochter! Du erhältst 1000 von jedem Mitspieler“ oder „Klage auf Schadenersatz. Dir werden 50000 zugesprochen“. Es zog sich hin, die Feststellung der Anwesenden, die zur Hälfte ihre Ausweise vergessen hatten, am Tag der Abrechnung, und draußen haute es protestierend Schnee gegen die Fenster. Meine Konzentration flockte dahin. Irgendwo raschelte es. Großvaters rotbrauner Kater Lizarazu schärfte im versperrten Bastkorb unter dem Tisch lautstark seine Krallen. Wenigstens der Linksaußen war startklar. Merci, Bixente.

Als ich an der Uni war und in München wohnte, ging ich ab und zu mit meinem Freund oder ein paar Kommilitonen in das Olympiastadion, bei Derbys mit 1860 München oder Champions-League-Spielen. Es war nicht mehr das Gleiche, es fehlte einfach ein Besessener in unseren intellektuell-zynischen Reihen, einer der Eckbälle und Gelbe Karten mitzählte oder die Privatadresse des Schiedsrichters ermitteln wollte. Nie erreichte meine Liebe zum Fußball das Level meines Großvaters. Ich kenne zwar noch jetzt jeden Bayernspieler von 1970 bis heute, erinnere mich an einige Spielzüge und natürlich an Ergebnisse während einiger Spielzeiten, und bin noch immer hingebungsvoller Daumendrücker und Depressionsanwärter während sämtlicher im Fernsehen oder Radio übertragener Partien des FC Bayern oder der Nationalmannschaft. Von Anfang an war ich jedoch sehr vorsichtig, mich elf Fußballern so schutzlos auszuliefern, wie es mein Großvater tat, von samstäglicher Glücksunterhose bis wöchentlichen Seelen(un)frieden.

Oft, als meine Eltern mich in Regensburg abgeladen hatten wie ein ferieninkompatibles Meerschweinchen, sah ich ihn polternd durchs Haus taumeln, unfähig, seine maßlose Wut in

Worte zu fassen. Dann floss rote Lava durch die Von-der-Tann-Straße. Und Oma war Pompeji. Zu nah am Aetna, nicht vorgewarnt. Und ich? Ich war Heinz Sielmann, hinter dem Treppenabsatz kauernd.

War man als Fußballfan noch Herr seiner selbst, konnte man, um es antiastrologisch zu formulieren, seine Sterne noch selbst ordnen? Die Antwort war im Falle meines Großvaters schlicht und sie hieß „Nein". Er war irgendwie in der Umkleidekabine steckengeblieben, ohne je aufs Feld zu kommen. Seines Glückes Schmied war nicht mehr er, der doch zartbeseelte Regensburger Innungsmeister, es war mal Bruno Labbadia, mal Brian Laudrup, mal Mehmet Scholl, mal Giovane Elber oder andere stollenschwingende Gestalten. Sie tummelten sich im Ruß seiner Seelenschmiede und hauten Saison für Saison sein Herz zu Schrott. Sie schossen daneben, sie gurkten durch die Republik, sie wechselten den Verein und stürmten mit Hochgenuss auf das zitternde Bayerntor zu. Ein Menschenleben war schlicht und ergreifend zu lang, um ohne bleibende Schäden, die von chronischer Verbitterung über Impotenz zu Bindungsunfähigkeit reichten, die Liebe zu einem Fußballverein zu überstehen.

Die Haupt-Erkenntnis, die Quintessenz: Er hatte nicht gelogen. Die zweite, nicht unwesentliche: Mein Vater auch nicht. Großvaters letzter Sparbuchkontostand wurde euphorisch vorgelesen, er betrug banksprengende 0,50 D-Mark. Geteilt durch die 19 Anwesenden waren das immerhin satte 0,026 Pfennig pro Mann und Nase, wie der Notar in einer absurden Beispielrechnung auf einer bunten Overheadfolie mit den Namen N1, N2 bis N19 veranschaulichte, eine Bombenerbschaft eben. Geschrei wie Getuschel setzte ein („Versoffen hat er's, der Saukopf" / „Oder der Notar hat's eingeschoben"), ich sah meine Eltern im Halbdunkel an, die keine Miene verzogen. Als der junge, unsicher gewordene Notar dann noch verkündete, der Verstorbene hätte einen recht ausgefallenen Bestattungswunsch geäußert, ging das Getuschel nahtlos in Hohngelächter über, und als sie – sozusagen als Tollkirsche auf vergiftetem Panna Cotta – erfuhren, dass er verfügt hatte, seine Asche solle nach der nächsten gewonnenen Bundesligapartie gegen Dortmund über dem hochheiligen Rasen des Münchner Olympiastadions verstreut werden, standen 30 schwarz ausschlagende Beine auf und verließen voller Empörung, von einem Wahnsinnigen, schlimmer: von einem wahnsinnigen Verwandten vorgeführt worden zu sein, den Raum der Verkündung. So war das mit Wünschen. Ich wünschte in dem Moment auch so einiges. Vor allem weniger forschende Blicke meiner Eltern, die neben Anwalts-, Trauerfeier- und Verbrennungskosten (Trauerfeier? Wer sollte da kommen?, fragte ich mich) seufzend auch den maunzenden Kater Lizarazu übernahmen.

„Wusstest du was davon?", fragte mein Vater direkt, als wir wieder auf der Straße und im Schnee standen. Zu direkt.

„Er hat mal was erwähnt", antwortete ich, betont diplomatisch-nichtssagend, Kater und Bedenken balancierend.

„Die Asche wirst du verstreuen", erwiderte er, „um das mal zu erwähnen."

Wortlos nahm er meinen kleinen Bruder auf den Arm und stapfte zum Auto. Ich glaube, danach sprach er gut zwei Monate nicht mehr mit mir. Sommerpausenlang. Er, der 60er, würde Großvater sagen.

Meine Studienfreundin Katrin urlaubte in Thailand zur Zeit der weihnachtlichen Tsunami-Katastrophe anno 2004. Sie hat das Seebeben verdammt knapp überlebt, auf dem Wellendach eines Zeitungskiosks, mit drei angebrochenen Rippen. Nach einigen Monaten haben wir uns ausgerechnet beim Schwimmen am Walchensee wieder getroffen. Sie hatte als Sprachentalent das THW in Phuket unterstützt und erzählte, ein paar Stunden nach den Mörderwellen habe man mit den Kindern schon auf den Wiesen neben den Lagern Fußball gespielt, um deren Schockstarre zu lösen. Fußball als weltumspannende Schutzhülle. „Beckham wird maßlos überschätzt“, hatte sie ein Vierjähriger ausführlich belehrt, der gerade seinen Vater verloren hatte. Es war egal, in welche hintersten, abgelegensten und ärmsten Winkel der Erde man kam – auch wenn es keine richtigen Häuser gab, kein fließend Wasser, keine Schulen, wenn Krieg auf den Straßen wütete – nahezu überall waren Fußballplätze wie Altäre ausgespart, wenn auch nur ein paar Steine als Begrenzungslinien herhielten.

An diesem Samstag im November, als Bayern München glanzlos 3:1 gegen Dortmund gewann und ich mich mit einer kalten Zinkurne Richtung Aschenbahn vorkämpfte – Asche gen Aschenbahn sozusagen –, immer in der Angst, ein Ellbogen würde den Urnendeckel köpfen, hatte ich das Gefühl, eine buchstäblich „tragende“ Rolle im Drehbuch eines Verrückten (Monty Python?) übernommen zu haben. Meine Familie – oder, nach Großvaters Tod: der Rest davon – stand noch auf ihren Plätzen und winkte aufmunternd, als ich in Richtung Mittellinie trabte. Als müsste ich gleich bei einem Schulkonzert Blockflöte spielen oder einen Home Run starten.

„Hey, was hast’n du da für’n Pokal?“, quatschte mich ein alkoholisierter Autogrammjäger an, der seit zwanzig Minuten erfolglos auf der Suche nach Stefan Effenberg war. Ich ließ ihn stehen, wurde aber sogleich von einem neongelben Ordner aufgehalten, dem ich, trotz Kälte schwitzend, die vom Verein erteilte schriftsprachliche Erlaubnis zur Ausstreuung der großväterlichen Asche unter die rote Nase hielt. „Das Stadion als Friedhof?! Es wird ja immer schöner.“ Er ging kopfschüttelnd in Richtung Rot-Kreuz-Wagen und orderte irgendwas, vielleicht eine Zwangsjacke oder Klosterfrau Melissengeist.

Der Wind zog heftig an meinem Schal. Großvaters rotblauer Deutscher-Meister-FCB-Schal. Ich schraubte den Urnendeckel auf und kippte das bis zum Rand gefüllte Gefäß so weit, bis das graue Pulver herauszurieseln begann, der Wind riss es mit, riss ihn mit, immer mehr, Korn für Korn, wie ein herausstürzendes Gebet. Grau war die Luft über mir, ich hustete und ließ die fast leere Urne auf das Gras fallen. Das Klirren einiger Nägel war zu hören. Alte Brüche.

Was sagt man seinem über einem 60.000-Mann-Stadion in alle Himmelsrichtungen dahinschwindenden, dahinhauchenden Großvater auf die Schnelle? Welchen letzten Gruß in buchstäblicher Windeseile? Ich entschied mich für ein geschlucktes „Gutes Spiel, Großvater". Er hatte es nicht so mit Pathos. Und hoffentlich traf er dort oben nicht auf Dortmunder.

Von den Zuschauerrängen applaudierten einige, prompt hielt eine Fernseh-Station ihre Kamera drauf.

Abends schloss Johannes B. Kerner den SAT.1-Bericht des Spiels mit dem Titel „Bayern - Dortmund: Viel Rauch um nichts." Dazu zeigten sie Großvater über dem Olympiastadion, als graue Wolke.

Was verstand schon Kerner.

Spielmacher werden bisweilen mit Attributen versehen, welche jeden Schriftsteller, Regisseur oder Fünf-Sterne-Koch vor Neid erblassen lassen. Genial werden sie genannt, kreativ, meisterhaft, visionär, voll Esprit, Geist und Raffinesse, mit dem Blick für das Große, Ganze, mit goldenen Füßen, an welchen der Ball zu kleben scheint. Er kann das Spiel lesen, sagt man von einem Spieler wie Zinedine Zidane, er kann es decodieren. Wer das Spiel lesen kann, kann es verändern, kann es gewinnen. Konnte man, um der Logik zu folgen, auch ein Leben lesen, das größte aller Spiele?

Immer wenn ich Fußball schaute, Fußball hörte, wenn ich Männer, die ihre Schals oder Fahnen vergessen hatten, mit Organspendeausweisen winken oder vor dem Stadion urinieren sah, wenn ich selbst frierend in der Südkurve stand und agnostisch auf meiner Unterlippe herumkaute, wenn ich eine Geburtstagseinladung absagte, um die Champions League nicht zu verpassen, fragte ich mich, was gerade mich immer wieder an dem Gekicke anzog, wo ich – weiblich, studiert, Nachrichtensprecherin, Theaterabo grün – wohl kaum repräsentativ für einen Großteil der Dauerkartenbesitzer war. Ich glaube, mein Leben hatte mich meilenweit von dem entfernt, wo ich herkam und wo ich mich hingehörig fühlte, und Fußball war weit und breit die einzige Konstante in dem Taumeln von Unbekanntem zu Unbekanntem, er war der schützendste, schmerzfreiste, schnellste Weg zurück in das „Wo". Zu dem „Wo" gehörte natürlich auch mein Großvater, den ich immer in der Luft über dem olympischen Grün wähnte, um das exakte Endergebnis zu hören und mich vor Dortmund zu warnen. In meinem Leben gab es außer Versicherungsmaklern keinen mehr, der mich vor etwas warnte. Bedenklich, oder?

Karin Reddemann

Onkel Hartmut kommt

Sie hatte mir von ihm erzählt. Während sie besticktes Leinen für meine Großmutter faltete, die seit zwanzig Jahren im Keller die gute Wäsche des Niederflözener Mittelstandes mangelte, trank sie Aufgesetzten, schob mir saure Beeren in den Mund und versuchte, mir Angst zu machen. Mit üblen Geschichten über Onkel Hartmut, die ich grundsätzlich hören wollte und manchmal doch eher nicht, weil er anschließend in der Dunkelheit nach mir griff und mich schwitzen ließ, ohne tatsächlich einen Finger zu krümmen. Die schwarze Laura, mittlerweile schon leicht ergraut, fand wohl Gefallen an meinen weit aufgerissenen Augen, die an ihren dicken Brüsten klebten, ohne dass sie auch nur einen einzigen lausigen Knopf ihres geblümten Kittels jemals gesprengt hätten. Zu meinem Bedauern. Ich war recht frühreif und stellte mir vor, sie sei völlig nackt unter den ausgebleichten Blüten, zumal es dort im Keller heiß war und selbst meine ordentliche Großmutter unter ihrem Schürzenkleid nur einen Unterrock trug. Also lauschte ich, kaute Beeren, die ich nur bedingt vertrug, und starrte zweimal wöchentlich in Lauras Ausschnitt, wo sich winzige Wasserperlen sammelten, um weiter nach unten in die ganze Pracht zu fließen, der ich mit meinen elfeinhalb Jahren eh nicht gewachsen gewesen wäre. „Dein Onkel Hartmut war ein mieser, kleiner Nichtsnutz. Hoffe nur, irgendeine gute Seele hat ihm das Herz herausgerissen. Aber wehe, wenn er wiederkommt. Wehe uns allen.“ Sie spuckte dreimal über die rechte Schulter, nahm einen Schluck und flüsterte „Jessas Maria“, laut genug, dass ich es hörte und mich stets fragte, wer das sein sollte.

Hartmut Spitzweyer, Vaters Bruder. Ich glaubte nicht so recht an ihn. Bis ich meine Großmutter mit durchgeschnittener Kehle und der zerrissenen goldenen Kette vor der Verandatür fand, das Kreuz mit dem Saphir auf die Stirn gedrückt, die sich nie wieder in die vertrauten Falten legen sollte. Und wie ich da so stand und starrte und nicht begriff, dass der fette kalte Leib dieser Frau gehörte, die mir dreißig Minuten zuvor die heiße Milch mit dem verhassten Honig auf die Nachttischkonsole gestellt hatte, blies er mir seinen Atem in den Nacken. Onkel Hartmut, der nie hätte wiederkommen dürfen.

Genau genommen war er irgendwie tot. Nie wieder aufgetaucht nach der Schlägerei, wurde nicht genannt, nicht erwähnt, tauchte schemenhaft auf, um wieder im Nichts zu verschwinden, wenn meine Großmutter die farblosen Augen zusammenkniff, die sie mir vererbt hatte: „Hartmut ist der Teufel." Und mein Vater, bescheiden und ruhig, um meiner Mutter zu gefallen, wurde anders, wenn sie das sagte, hockte verkrampft mit flammender Röte im Gesicht auf dem Küchenstuhl neben dem Kachelofen in der Küche, wo er immer saß, beugte sich weit nach vorn, als hätte er einzig dadurch seine Stimme explodieren lassen können, sagte nur: „Ich kenne keinen Hartmut. Nie und niemals wieder."

Ich selbst kauerte in diesen seltenen Momenten, die meine Mutter rauchen ließen, obgleich sie es aufgegeben hatte, unter dem alten Holztisch, der nach abgestandenem Hundefutter roch, meinte, die Würmer fressen zu hören, hörte tatsächlich nichts und machte mir meine Gedanken. Wusste ich doch schließlich alles von Laura, die ihr Haar wieder schwarz färbte, um dem Witwer Pittmann, Schornsteinfegermeister in Niederflözen, zu gefallen, was mich ein wenig kränkte. Mein Onkel Hartmut. Mörder meines Großvaters, Mörder von Sven Lieberkott und mutmaßlicher Mörder von Asta, dem Hund, der unter dem Apfelbaum liegt, der keine Äpfel gibt. Mein Großvater wurde auf dem evangelischen Oberflözener Friedhof begraben, Sven Lieberkott, der Onkel Hartmut im Kornstübchen in den Hals gebissen und beklaut haben soll, bevor er von ihm zusammengeschlagen wurde, wohl auch. Das war nach dem großen Streit, kurz nach meiner Geburt, gut, vielleicht war ich schon zwei, drei, keine Ahnung mehr, Laura wusste da besser Bescheid. „Der hat in der Kirche die Bux runtergelassen, um ins Weihwasser zu pinkeln." Ich konnte mir da nicht unbedingt ein klares Bild von machen, ich mein', große Scheiße, wer traut sich denn so was, aber kapiert habe ich schon, dass Onkel Hartmut nicht grad einfach gewesen sein muss. „Hässlich und böse war er, der Hartmut. Gesoffen hat er, nix gelernt. War eifersüchtig auf den Friedwart. Ja, Dein Vater, der war immer ein Prachtkerl. Der eine landet halt mit der Schnauze im Dreck, den anderen küssen die Engel. Ist so, Junge." Und während sie faltete und den Aufgesetzten trank und sich den Busen kratzte, weil die Hitze im Keller sie juckte – „Heiß hier, Jungchen, was das wieder juckt" –, starrte sie auf ihre unberingten Finger und seufzte, weil sie wohl an etwas Netteres dachte als an Onkel Hartmut. Kurz nur, ganz kurz, dann drohte sie mir. „Werd' nicht wie der, Bürschchen. Heiraten wollte den keine. Im Leben hätt' ich den nicht genommen." Ich schüttelte verstört den Kopf, gleichsam empört darüber, so etwas überhaupt in Erwägung zu ziehen.

Hätten meine Eltern geahnt, was Laura alles ausplauderte, ganz unbeobachtet, bei der Mangelwäsche im Keller nur mit mir, dem sie Beeren gab, die meine Großmutter mir verboten hatte, wäre sie wohl ziemlich schnell woanders gelandet. Andererseits: Dreimal wöchentlich seit zwanzig Jahren, das kloppt man ja nicht einfach so weg, ich mein', da verzeiht man schon mal. Meinem Onkel Hartmut freilich ist nicht verziehen worden. Von meinem Vater nicht, von meiner Großmutter nicht, von der schwarzen Laura eben auch nicht. „Wird elend irgendwo krepiert sein. Hat er verdient, der Hartmut. Wenn nicht … wehe, wenn er wiederkommt." Bekreuzigte sich, kratzte sich unter den wolligen Achseln, die ich damals, vielleicht mit bescheidener Beule in der Hose, noch schüchtern gekrault hätte – liebe es glatt und nackt nach all den Jahren –, und erzählte mir von dem Abend, der besser nie gewesen wäre: Onkel Hartmut, gut betrunken und selbst arg lädiert nach der Prügelei mit Sven Lieberkott im Kornstübchen, der immer noch einzigen echten Kneipe in Niederflözen, hatte wohl seinen Eltern vorgeworfen, dass sie ihn, den Erstgeborenen, aus ihrem Testament gestrichen hätten. Und dass sie ihn nie akzeptiert hätten, immer nur seinen beschissen verweichlichten Bruder Friedwart, meinen Vater eben, und all dieser ganze sentimentale Scheiß, der keinen wirklich durchblicken lässt. Großvater, der ihn erst totschlagen, dann rausschmeißen wollte, obgleich die Reihenfolge ja nun grundverkehrt ist, bekam erst seine Wut, dann eine aufs Maul von seinem Ältesten, Hartmut eben, und dann seine dritte gewaltige Herzattacke. Er starb einfach so, während Hartmut immer noch herumbrüllte, um endlich und ein letztes Mal registriert zu werden. Friedwart, mein Vater, der dazwischengehen wollte, obwohl er zu schmächtig und zu klug war, flog in die Ofenecke und brach sich das linke Handgelenk. Als Großmutter mit dem Küchenmesser auf Onkel Hartmut losging, eben mit dem Messer, das Hühner mit einem Schlag von ihren Köpfen befreit, schrie er nur: „Du alte Krähe kriegst Dein Fett noch!“ Dann war er weg. Am nächsten Morgen kam die schwarze Laura, um Laken und Tischdecken zu falten, aber das fiel aus. Großvater war tot, Sven Lieberkott auch, der war am Silberteich auf dem Nachhauseweg zusammengebrochen und hatte wohl die ganze Nacht Blut gerotzt, zu viel auf jeden Fall. Und der Hund lag mit heraushängender Zunge vor der Gartentür. Warum Onkel Hartmut Asta, der er stets eigenständig Reis mit Innereienabfällen gekocht hatte, tatsächlich hätte vergiften sollen, verstand ich nicht so ganz. Aber für die Spitzweyers lag das klar auf der Hand. Ich selbst gehörte ja nun dazu, aber obwohl ich mich verpflichtet fühlte, Onkel Hartmut, falls nicht längst schon verreckt, immerhin die Pest an den Hals zu wünschen, empfand ich eher diesen großartigen, da nie erlebten Nervenkitzel denn wirklichen Hass auf ihn. Es war spannend, so was in der Familie zu haben, das sollten Gerd Engler und sein idiotischer Vetter Gustav aus Oberflözen, mit denen ich öfter unten am Teich abhing, erst einmal überbieten. Ich verpasste Onkel Hartmut in der Nacht vor unserem nächsten Treffen noch rasch eine schwarze Augenklappe und erfand zwei nackte Frauenleichen, eine ohne Kopf, die man unmittelbar nach seinem Verschwinden aus Niederflözen in einer Hütte im Filchener Wald gefunden hätte, aber Gustav versaute mir die ganze Inszenierung. Er brachte die kleine fette Tilla mit, und wir knutschten und kneteten abwechselnd herum, bis Gustav sich mit ihr hinter einem Busch verkroch. Da hatte ich keine Lust mehr. War vielleicht besser so.

Drei, vielleicht vier Wochen später, die ich sozusagen schweigend verbracht hatte, auch, um die schwarze Laura nicht zu verpetzen, schlich ich mich irgendwann nach Mitternacht in die Küche, um mir ein Bier aus der Kiste meines Vaters zu klauen, die neben dem Verschlag mit den Gartengeräten auf der Veranda stand. Offiziell durfte ich natürlich nicht trinken, und mein friedfertiger Vater hätte mir vermutlich trotz meiner Reife den Arsch versohlt, aber ab und an brauchte ich was anderes als Milch mit Honig, um besser schlafen zu können. In diesen Momenten redete ich mir ein, vermutlich ein waschechter Säufer zu werden, zumal da ja noch Lauras Aufgesetzter war, aber das machte mir keine Sorgen, ich fühlte mich verdammt gut erwachsen. Das haute freilich nicht mehr so ganz hin, als ich die Leiche vor der Tür entdeckte. Neben meiner Großmutter lag das alte Hühnermesser, auf ihrer Stirn klebte das Kreuz von ihrer Kette. Sie sah aus wie ein Osterlamm, das mit einem „Und Amen" auf den Lippen geschlachtet wird, und es war alles so grotesk, dass ich wirklich für den Bruchteil einer Sekunde glaubte, längst schon betrunken zu sein, aber tatsächlich hatte ich an diesem Tag nur fünf Beeren im Hirn. Ich hätte gern geheult und noch lieber nach meinen Eltern gebrüllt, aber ich spürte den heißen Atem in meinem Nacken und beschloss, wie ein echter Kerl zu sterben. Unnötig, wie sich herausstellte. „Die alte Krähe hat's verdient. Hat mich ums Erbe betrogen, das Miststück. Hat meine Briefe nicht beantwortet. Jetzt braucht sie's nicht mehr." Ich drehte mich um, sah in sein Gesicht, sah meine Nase und die farblosen Augen meiner Großmutter, die auch mir gehörten, und dachte nur, das ist er also. Onkel Hartmut. Er lächelte. Tatsächlich lächelte er mich an und zeigte vom Nikotin verfärbte Zähne, die nicht nach meiner Kehle schnappen würden. Nach meiner nicht. „Bist Friedwarts Sohn. Mächtig gewachsen." Und dann, streng, keinen Widerspruch duldend: „Hol' ihn. Hol' den Waschlappen."

Das alles liegt schon lange zurück. Meine Mutter heißt nicht mehr Spitzweyer, sie hat drei Jahre nach Vaters Tod den Metzger Willibald Hauptmann geheiratet, und erfreulicherweise wurde ich von Brüdern verschont. Manchmal fällt mir Onkel Hartmut ein. Dann sehe ich die schwarze Laura, die Mangelwäsche faltet und mir Beeren zwischen die Lippen steckt, starre in ihren Ausschnitt, würde immer noch gern die Schweißtropfen ablecken und höre ihr zu, ohne zu glauben, was ich weiß. Er hat mich gewarnt, bevor er wieder in dem Nichts verschwunden ist, aus dem er aufgetaucht war, um sich von seiner Vergangenheit zu befreien. „Bist einer von ihnen. Bist noch ein Kind. Glück gehabt, Junge." Mittlerweile bin ich keins mehr, wohne immer noch in Niederflözen im Haus meiner Großeltern und traue mich nicht wirklich, es zu erben. Meine Mutter will es mir überschreiben, der Metzger hat selbst zwei, und Oberflözens Weinprinzessin Patrizia Preuss ist bereits mächtig schwanger von mir und will anständig versorgt werden. Ich liebe sie nicht, weil ich es nicht will, aber es könnte schlimmer sein. Die unbeantworteten Briefe von Spitzweyers Erstgeborenem fand ich beim Entrümpeln in einer zerbeulten Hutschachtel auf dem Kleiderschrank meiner Großmutter, wage nicht, sie zu vernichten, lese sie zu später, ungeteilter Stunde wieder und wieder in meinem Schaukelstuhl auf der beleuchteten Veranda, wo immer noch das Bier lagert. Ich trage ein Schnappmesser am Gürtel und nachts am Bund meiner Pyjamahose. Es ist lächerlich klein, aber die Klinge fühlt sich gut an und lässt mich hoffen. Zumindest bin ich vorbereitet. Für den Fall, dass Onkel Hartmut kommt.

Christian Heynk

Scharlachroter Honigesser

Friedrich war schon immer ein Fischnarr gewesen. Schon zur Schulzeit war er nach dem Ertönen der Glocke nicht nach Hause gelaufen, sondern an den nahe gelegenen Weiher, wo er im Gestrüpp seine selbstgebastelte Angelrute versteckt hatte. Er fing Fische, er kaufte sich von dem wenigen Taschengeld, das er bekam, Bücher über Fische, und leider roch er manchmal auch nach Fisch. Wenn ich mich mit ihm traf, musste ich mir immer seine Geschichten über exotische Fische in fremden Gewässern anhören, Geschichten über Quastenflosser, Ohrensardinen und Papageifische. Noch Jahre später fand ich es manchmal ermüdend, wenn ich mich mit ihm auf ein oder zwei Bier verabredete, und er endlos über die zahlreichen Arten der Angelruten fachsimpelte, oder die Unzulänglichkeiten bestimmter Angelhakenmarken anprangerte. Oder wenn er immer und immer wieder die Geschichte von dem kapitalen Hecht erzählte, den er einmal, vor über zwanzig Jahren, in einem Flussarm der Mosel gefangen hatte. Wenn ich dann versuchte, ihn auf ein anderes Thema zu bringen, lächelte er und sagte: „Du hast ja Recht, Gregor, ich rede zu viel über Fische. Aber glaub mir, sobald ich mir so einen schönen Flussbarsch gefangen habe, werde ich mich zufrieden zurücklehnen und wissen, dass ich im Angelsport alles erreicht habe, was man nur erreichen kann." Flussbarsche, das wusste ich schon, gelten unter Anglern als selten und gewitzt, was sie besonders begehrenswert macht. Der Fang eines Flussbarsches muss so etwas wie die Krönung eines jeden Anglerlebens sein. Durch die repetitiven Fischgespräche wusste ich auch, dass Friedrich Stichlinge als Köder für seine Angelhaken benutzte, dass diese jedoch in letzter

Zeit so teuer geworden waren, dass er wieder künstliche Köder verwendete.

Auch bei ihm zu Hause musste man nicht lange überlegen, was wohl Friedrichs Leidenschaft sein könnte. Über die ganze Wohnung verteilt hingen unzählige Poster von Fischarten an den Wänden. In seinem Wohnzimmer hatte er ein 2 mal 2 Meter großes Poster von einem vor Gibraltar photographierten Flughahn, der wirklich bizarr aussah. Friedrich hatte mir erklärt, dass dieser Fisch den lieben langen Tag nichts weiter tut, als über dem sandigen Meeresboden zu schweben, und dass er, obwohl man ihn Flughahn nennt, und obwohl er flügelartige Brustflossen hat, nicht wirklich fliegen kann. Auch in der Küche, in der wir uns eines Abends mit zwei Flaschen Wein betrunken hatten, hing ein gerahmtes Bild von einem unwirklich aussehenden Fisch. Als wir beide schon recht angeheitert waren, war Friedrich plötzlich aufgestanden, hatte auf das Bild gezeigt und mir stolz verkündet, dass dies ein Lungenfisch sei, der an die Wasseroberfläche steigen muss, um atmen zu können. Um meinem Gastgeber zu gefallen, heuchelte ich ein wenig Interesse, was Friedrich zum Anlass nahm, mir einen halbstündigen Vortrag über diese Fischart zu halten und mich mit den blödesten Details und dem ausuferndsten Hintergrundwissen zu füttern. Irgendwann plumpste er dann besoffen auf seinen Stuhl zurück, legte seinen Kopf auf die Tischplatte und schlief ein. Da ich Alkohol schon immer besser vertragen hatte als er, schaffte ich es, ihm unter die Schultern zu greifen und ihn in sein Schlafzimmer zu transportieren. Als ich die Tür zu seinem Zimmer aufstieß, glaubte ich zu träumen. Das riesige Bett war von einem Vorhang aus Fischnetzen umgeben und die Bettdecke sowie der Kissenbezug zeigten ein Fischmotiv, einen Schwarm Heringe, die sich im Schein der durch die Oberfläche brechenden Lichtstrahlen synchron fortbewegten.

Als ich an diesem Abend nach Hause ging, wurde mir klar, dass ich nie das ganze Ausmaß seiner Vernarrtheit verstanden hatte, dass Fische für Friedrich nicht nur ein Zeitvertreib, ein Hobby oder eine Leidenschaft waren, sondern eine sein Leben bestimmende Obsession. Nie, dachte ich, werde ich so eine Obsession nachvollziehen können.

*

Ich selbst war übrigens Ornithologe. Aber ich war nicht verrückt nach Vögeln. Ich hatte nur ein einziges Poster mit einem Vogelmotiv in meiner Wohnung. Wenn ich mich mit Friedrich traf, erzählte ich selten von meiner Arbeit im Vogelschutzgebiet oder von meiner Arbeit als Professor an der ornithologischen Station der Universität. Ich hätte mich komisch gefühlt, wenn ich ihm von meiner Promotionsschrift über Zugvögel erzählt hätte oder über meine wirklich unkonventionellen Theorien bezüglich des Kalifornischen Kondors. Ich glaube auch nicht, dass er meine Verachtung für die Goldoriolen verstanden hätte, eine Vogelart, die vor allem unter Laien für ihre glänzenden, goldgelben Federn verehrt wird. Nein, ich hatte es schon lange aufgegeben, meine Umwelt für meine beruflichen Fähigkeiten zu begeistern, und war auch immer gut damit gefahren. Manchmal kam es vor, dass Leute mich von selbst über meinen Beruf ausfragten, sobald ich ihnen erzählte, dass ich Vogelkundler war. Diesen interessierten Menschen hatte ich dann immer gerne Rede und Antwort gestanden, und ich hatte ihnen bei weitergehendem Interesse auch Bildmaterial gezeigt oder sie zu einem Besuch im Naturschutzgebiet eingeladen. Auch an der Universität machte mir die Arbeit mit den Studenten Spaß, denn sie sahen mich als eine Koryphäe auf diesem Gebiet, und ihre manchmal demütige Art, mich über eine bestimmte Spezies auszufragen, gab meinem Selbstbewusstsein Auftrieb. Aber, und ich bin stolz, das sagen zu können, für mich war die Vogelkunde immer nur ein Beruf, nicht mehr. Im Gegensatz zu Friedrich hatte ich es immer vermocht, Berufliches von Privatem zu trennen. Und so erzählte ich Friedrich, wenn wir uns trafen, nichts über Vögel.

Bis auf eine Ausnahme. Wir waren zusammen in Urlaub nach New York gefahren. Wir hatten uns in einem Hotel in der Nähe des Central Parks einquartiert, und in den ersten Tagen hatten wir die eher unüblichen Sehenswürdigkeiten erkundet. Wir waren raus nach Staten Island gefahren, um uns den höchsten Punkt New Yorks, Todt Hill, anzusehen, und dann auch noch bis nach Montauk, weil wir beide den Autor Max Frisch verehrten. Die üblichen Sehenswürdigkeiten wie die Freiheitsstatue, das Rockefeller Center oder den Trump Tower hatten wir uns nicht angesehen, dafür waren wir zu naturverbunden. Einzig und allein den Times Square waren wir hinauf- und hinabgelaufen, um das Gefühl einer Großstadt, die der Moloch New York ja nun einmal ist, in uns aufzunehmen.

Am letzten Tag vor unserer Abreise waren wir dann in den Central Park gegangen. Wir liefen schon eine gute Stunde im Park umher, als Friedrich mich plötzlich am Arm festhielt, auf etwas zeigte und sagte: „Schau mal, ein Sperling." Ich schaute in die Richtung, die Friedrich mir angedeutet hatte, und brach sofort in Gelächter aus. Ich lachte so sehr, dass ich mich auf eine Bank setzen musste. Friedrich dachte wohl, ich hätte einen epileptischen Anfall oder so etwas, denn er versuchte mich zu halten und fragte ganz aufgeregt: „Was ist los, Gregor, was ist los?" Als ich mich wieder einigermaßen gefangen hatte, zeigte ich auf den Vogel, den Friedrich als einen Sperling identifiziert hatte, und lachte: „Das, mein lieber Friedrich, ist kein Sperling, sondern eine Elster. Du hast absolut keine Ahnung von Vögeln, oder?"

Friedrich hatte daraufhin das Gesicht verzogen. „Nein", hatte er ruhig erwidert, „ich habe keine Ahnung von Vögeln, genauso wenig, wie du Ahnung von Fischen hast."

*

An dem Tag, an dem ich Annalena zum ersten Mal traf, hielt ich gerade eine Vorlesung an der Universität. Die Vorlesung war schon fast eine halbe Stunde alt, als die Tür aufging und sie hereinkam. Sie stieg die Stufen herab und setzte sich in die erste Reihe, als ich gerade die unverkennbaren Merkmale des farbenprächtigen Pfirsichköpfchens erklären wollte. Ich erinnere mich noch gut an diesen Tag und noch besser an ihre Erscheinung. Sie war in einen schwarzen Mantel gehüllt und trug ihr rotes Haar zu einem Zopf geflochten. Für eine Weile war ich so sehr von ihrer Schönheit geblendet, dass ich mich nicht wirklich konzentrieren konnte, als ich ein Dia vom Austernfischer an die Wand projizierte. „Der Austernfischer ist an Küsten und im Marschland anzutreffen“, fing ich an, „und er ähh, er ähh, nun, seit einiger Zeit wird er auch im Binnenland gesichtet.“ Ein Student fragte, ob er Austernfischer heißt, weil er sich von Austern ernährt, und ich erwiderte: „Natürlich, sonst hieße er wohl kaum Austernfischer.“ Erst als es schon zu spät war, fiel mir ein, dass der Austernfischer sich hauptsächlich von Muscheln ernährt und so gut wie gar nicht von Austern.

Vor lauter Aufregung beendete ich die Vorlesung zehn Minuten früher, was einige der Studenten, die mich und mein Pflichtbewusstsein genauestens kannten, leicht verwunderte.

Meine Aufregung ließ leider auch nicht nach, als sie plötzlich vor meinem Pult stand und mich anlächelte. „Ich studiere Entomologie“, sagte sie, „und ich brauche ein paar Informationen über den Weidenlaubsänger.“

Für einen Moment starrte ich sie an, dann gab ich mir einen Ruck und beantwortete ihre Frage. „Wissen Sie“, sagte ich, „meine Kenntnisse bezüglich des Weidenlaubsängers sind leider etwas limitiert. Wie wäre es, wenn wir uns, sagen wir, Samstagabend zum Essen treffen. Bis dahin kann ich Ihnen eine kleine Mappe zusammenstellen, die alle nötigen und unnötigen Informationen zum Weidenlaubsänger enthält.“

Sie schaute mich belustigt an. Die Zeit, die zwischen meiner Einladung und ihrer Reaktion verging, kam mir wie eine kleine Ewigkeit vor. Der Blick, den sie mir in diesem Moment zuwarf, brannte sich für immer in mein Gedächtnis ein.

Ich weiß, dass es dieser Moment gewesen sein muss, in dem ich mich unsterblich in sie verliebt habe. „Warum nicht?“, sagte sie lächelnd. „Wie wäre es mit Samstagabend um acht?“

„Ich kenne ein tolles Restaurant“, sagte ich.

Als sie ging, musste ich mich erst einmal hinsetzen und durchatmen. Ich habe sie übrigens nie gefragt, warum sie Informationen über den Weidenlaubsänger brauchte, wenn sie doch Entomologin war, und ich glaube, dass sie mich auch deshalb mochte, weil ich nie zu viele Fragen stellte.

*

Wir heirateten zwei Jahre später, am 11. Juli 1991, an dem Tage, an dem man von Mexiko aus eine totale Sonnenfinsternis beobachten konnte. Die Heirat war und wird immer der schönste Tag in meinem Leben bleiben. Denn noch in derselben Nacht flogen wir in unsere Flitterwochen auf den Bismarck-Archipel. Ich hatte mich für diese Inselgruppe entschieden, weil sie für einen Vogelkundler wie mich, der sich auf exotische Vögel spezialisiert hat, ein unbedingtes Muss ist. Und als Annalena in einem Reiseprospekt ein Fünf-Sterne-Hotel gefunden hatte, das sich in der Nähe der Vogelwarte befand, konnte auch sie der exotischen Vielfalt dieser vor Neu-Guinea gelegenen Inseln etwas abgewinnen und erklärte sich zu einer Reise dorthin bereit.

Die ersten Tage waren wunderschön. Wir verbrachten einen Tag am Strand, es war herrlich warm und das azurblaue Meer ergoss sich mit seiner weißen Gischt auf den weißen Sand, der uns die nackten Füße kitzelte. Die Angestellten des Hotels hatten uns als zahlkräftige europäische Kunden erkannt und lasen uns praktisch jeden Wunsch von den Lippen ab. Als ich am dritten Tag fragte, ob sie auch Touren in die nahe gelegene Vogelwarte unternahmen, erzählte mir der Concierge von einer für den übernächsten Tag geplanten Jeep-Tour, bei der, gegen eine stattliche Gebühr natürlich, ein einheimischer Fahrer uns in die interessantesten Gebiete fahren konnte. Ohne Annalena zu fragen, buchte ich zwei Plätze.

Zwei Tage später fuhren wir. Annalena war etwas sauer, weil ich sie ohne zu fragen mit eingeschrieben hatte, aber bald schon verlor sich ihr Schmollen im Fahrtwind, den die riskanten Manöver unseres waghalsigen Fahrers produzierten.

Als wir in der Vogelwarte ankamen, traute ich meinen Augen nicht. Ein buntes Gemisch exotischer Vögel flog in den hohen Bäumen und Palmen umher und schien durch unsere Anwesenheit nicht im Geringsten gestört. Mit meiner Spiegelreflexkamera und aufgesetztem Teleobjektiv machte ich mich sogleich an die Arbeit. Schon innerhalb einer Stunde waren mir mehrere gute Fotographien vom Blutschnabelweber, vom Goldhähnchen und vom Schneidervogel gelungen. Sowohl physisch als auch gedanklich glaubte ich mich im Paradies. Nie wieder hatte ich so ein lohnendes Erlebnis, in beruflicher wie privater Hinsicht.

Dass Annalena unser Ausflug in die Vogelwarte nicht ganz so begeisterte, merkte ich, als wir nach vier Stunden den anstrengenden Marsch unterbrechen mussten, damit sie sich ausruhen konnte. Während sie sich von unserem Fahrer die Füße massieren ließ und sich lauthals über die Strapazen beschwerte, erklomm ich einen mit starken Ästen bestückten Baum. Nach einer knappen halben Stunde und gut fünfzehn Meter über dem Erdboden war ich an einem Vogelnest angelangt. Wie unschwer zu erkennen war, handelte es sich um das Nest eines vom Aussterben bedrohten Salomonentrupials. Wie viele andere Vogelarten nutzt der Salomonentrupial zum Nestbau Materialien, die er in unmittelbarer Nähe findet. Im Gegensatz zu den anderen Vogelarten ist sein Nest jedoch wie ein Napf geformt und es besteht zu einem großen Teil aus Viehhaaren und Bindfäden. So auch das Nest, das ich vor mir hatte. Drumherum befand sich jedoch zusätzlich eine Schicht Spinnweben, die es mehr wie einen Kokon aussehen ließen. Im Nest lagen zwei Eier, beide cremig weiß, mit einem schwarzen Bereich an jedem Ende. Da es Juli war, erstaunten mich diese zwei Eier. Der aktuelle Forschungsstand besagte nämlich, dass die Brutzeit des Salomonentrupials zwischen Ende August und Anfang Oktober liegt.

Als ich wieder vom Baum heruntergeklettert war, machte ich Annalena sofort auf meine Entdeckung aufmerksam. Ich erklärte, dass ich so bald wie möglich die Herausgeber des Bestimmungsbuches anrufen müsse, um ihnen meine Entdeckung mitzuteilen. Annalena schaute mich jedoch nur entgeistert an und sagte dann zum Führer: „Please take us home."

Wir verbrachten noch zwei weitere herrliche Wochen auf dem Bismarck-Archipel. Ich unternahm einige Touren in die Vogelwarte und hatte am Ende unserer Reise genug Fotomaterial zusammen, um ein eigenes Buch über die Vogelarten dieser Inselgruppe herausbringen zu können. Annalena jedoch zog es vor, am Strand oder im Hotel zu bleiben, um sich dort mit den Gästen zu unterhalten oder ein Buch zu lesen.

*

Ich weiß nicht mehr, warum ich Friedrich erst mit Annalena bekannt machte, als wir schon über vier Jahre verheiratet waren. Vielleicht, so denke ich heute, schämte ich mich ein bisschen für ihn. Vielleicht konnte ich mir aber auch einfach nicht vorstellen, dass Annalena und Friedrich sich viel zu sagen hätten. Friedrich war ein ganz anderer Typ als Annalena, und er lebte in seiner Welt. Wahrscheinlich befürchtete ich auch, dass Friedrich Annalena mit seinen endlosen Geschichten über den Fischfang langweilen würde und dass Annalena sich später bloß darüber beschweren würde, dass ich sie einander vorgestellt hatte.

Jedenfalls gingen wir eines Abends miteinander essen. Friedrich hatte uns in sein Lieblingsrestaurant eingeladen, ein Fischrestaurant natürlich.

Wir trafen uns um acht Uhr abends, und Annalena begrüßte ihn überschwänglich. „Ich habe schon viel von Ihnen gehört", sagte sie, „Gregor erzählt oft von Ihnen."

Friedrich antwortete mit einem lockeren Spruch, den ich akustisch nicht verstand. Annalena aber lachte, und wir traten in das Restaurant. Es war ein Restaurant der gehobeneren Preisklasse, und anstatt gewöhnlicher Fenster waren Fenster in Form von Bullaugen in die Wände eingelassen. Der Boden knarrte und quietschte wie die Holzbohlen auf einem Schiffsdeck, und die Kellner trugen, wie nicht anders zu erwarten, Matrosenanzüge. Ich fand die Atmosphäre ein bisschen lächerlich, aber Annalena schien es zu mögen. Wir setzten uns in eine entlegene Ecke und ließen es uns gut gehen.

Nach etwa drei Flaschen Weißwein begann der Abend feuchtfröhlich zu werden. Annalena erzählte von ihrer Arbeit als Entomologin, und Friedrich hörte gespannt zu. Als Friedrich schließlich einen Witz über Frösche machte, die gehen, hüpfen und fliegen können, lachte Annalena unerhört laut. Noch während sie sich in Lachkrämpfen schüttelte, stupste sie Friedrich an der Schulter und sagte: „Sie sind ja ein komischer Vogel."

„Frosch", gab Friedrich zurück, „Frosch. Der komische Vogel sitzt gegenüber" und zeigte dabei auf mich.

Ich verzog nur das Gesicht, aber Annalena überkam ein neuer Lachkrampf. Und obwohl Friedrich wieder seine Geschichte vom größten Fang, eben jenem kapitalen Hecht im Flussarm der Mosel erzählte, schien sie sich köstlich zu amüsieren. Ich hingegen war froh, als wir gegen zwei Uhr in der Früh das Restaurant verließen.

Als wir nach Hause liefen, fragte ich Annalena, ob sie bemerkt hatte, welch strengen Geruch Friedrich verströmte, und wie sehr man sich wundern musste, dass ihm trotz seiner Begeisterung für Fische noch keine Schwimmhäute gewachsen waren. Annalena erwiderte nur, dass sie keinen besonderen Geruch ausgemacht hätte, und dass sie ihn, selbst wenn er nach Fisch riechen sollte, mögen würde. „Ich würde dich auch mögen, wenn du nach Vögeln röchest“, fügte sie kichernd hinzu.

Daraufhin wurde ich ein wenig ungehalten, schließlich gibt es meiner Meinung nach keinen haarsträubenderen Vergleich als den von Fisch- und Vogelgeruch. „Fische riechen nach Fett und ranziger Schmierseife“, erläuterte ich. „Vögel aber, Vögel verströmen einen luftigen Geruch von Rosenwasser, gekoppelt mit einem Hauch von Freiheit.“

Bei dem Wort Freiheit brach Annalena wieder in Gelächter aus, ein Gelächter, das so beißend war, dass ich mich persönlich angegriffen fühlte. Ich redete weiter auf sie ein und versuchte, sie von der Unverhältnismäßigkeit ihres Vergleichs zu überzeugen. Aber je mehr ich auf sie einredete, desto weniger sagte sie.

„Weißt du, Gregor, ich finde, dass du dieser Sache eine Bedeutung beimisst, die sie nur schwerlich verdient“, meinte sie, als wir endlich zu Hause angekommen waren.

*

Im siebten Jahr unserer Ehe schrieb Annalena ihre Promotionsschrift. Darin, so erklärte sie mir, wollte sie zeigen, wie vor Millionen von Jahren Fische sich Schritt für Schritt zu Amphibien fortentwickelten und dann schließlich, im Laufe der Jahrtausende, zu Reptilien wurden. Ich hatte von solch einer Theorie schon mal gehört, und so fragte ich, ob ihre These nicht ein Gemeinplatz der Evolutionsforschung wäre.

„Sicher“, hatte sie geantwortet, „aber ich setze ganz andere Schwerpunkte, und auch unterscheidet sich mein Ansatz stark von den etablierten Arbeiten zu diesem Thema. Ich werde die Forschung in eine ganz andere Richtung lenken“, sagte sie kokett.

Da ich so gut wie gar nichts über Bodentiere wusste, konnte ich ihr bei der Promotionsschrift nicht behilflich sein. Ich schlug ihr jedoch vor, Friedrich zu kontaktieren, schließlich war er mit Fischen und ihrer Geschichte bestens vertraut. „Er wird dir sicherlich helfen können“, sagte ich.

Annalena nahm diesen Ratschlag gerne entgegen. Keine zwei Tage später rief sie Friedrich an und verabredete, am drauffolgenden Tag bei ihm vorbeizukommen.

Im Laufe der Zeit traf sie sich immer öfter mit Friedrich. Manchmal kam sie erst spät abends nach Hause. Ich machte mir keine Sorgen, schließlich konnte ich mir absolut nicht vorstellen, dass Annalenas Interesse an Friedrich nicht ausschließlich beruflicher Natur war. Ich bemitleidete sie sogar, weil sie sich so sehr für ihre Promotion aufopferte, dass wir unser soziales Leben immer mehr einschränkten. Wir gingen am Wochenende immer seltener weg, und auch unsere wenigen Freunde kamen immer seltener zu Besuch. Aber ich wusste ja, wie aufreibend die Zeit der Promotion sein kann, schließlich hatte ich auch mal eine geschrieben. Zu jener Zeit hatte ich auf jegliche sozialen Kontakte verzichtet, hatte mich für den Zeitraum eines Jahres quasi in meiner Junggesellenbude eingeschlossen und war nur zu den nötigsten Dingen wie Einkaufen und Sprechstunden des betreuenden Professors aus dem Haus gegangen. Deswegen fand ich Annalenas Verhalten auch nicht im Geringsten sonderbar.

An einem Abend im Dezember kam sie erst nach Mitternacht nach Hause. Sie hatte den ganzen Tag bei Friedrich verbracht. Ich war schon eingeschlafen, aber die Geräusche, die sie im Bad machte, weckten mich wieder auf. Ich war ein bisschen verstimmt, weil ich es grundsätzlich nicht mag, wenn man mich aus dem Schlaf holt. Annalena nahm sich im Schein der Badezimmerlampe die Ohrringe ab, die ich ihr zu unserem fünfjährigen Hochzeitsjubiläum geschenkt hatte, und schlüpfte in ihr Nachthemd. Als sie ins Bett gekrochen kam, stellte ich mich schlafend. Doch Annalena kannte meine Art, und so versuchte sie, sich an mich zu kuscheln.

Ich war aber immer noch schlecht gelaunt, und stieß sie von mir fort. „Lass mich", sagte ich.

„Was hast du denn?", fragte sie.

Mir fiel kein wirklicher Grund für meine schlechte Laune ein und so sagte ich: „Du riechst nach Hering!"

Das saß. Für ungefähr eine halbe Minute saß Annalena aufrecht auf dem Bett und schaute mich entgeistert an. Dann verließ sie das Bett und ging auf die Tür zu. Bevor sie aus unserem Schlafzimmer verschwand, drehte sie sich noch einmal zu mir um und sagte: „Karpfen, ich rieche nach Karpfen, nicht Hering."

*

Ihre Treffen mit Friedrich rissen nicht ab. Jetzt kam sie nicht mehr um Mitternacht nach Hause, sondern erst am frühen Morgen. Und noch immer schrieb ich diese langen Abwesenheiten einzig und allein ihrem beruflichen Interesse zu. Abgesehen davon war ich selber beruflich auch ziemlich eingespannt. Ich schrieb eine Arbeit über den Scharlachroten Honigesser, oder *Myzonela sanguinolenta*. Ich fand heraus, dass diese seltene Vogelart in Neukaledonien verbreiteter ist, als man allgemein annahm. Auch konnte ich feststellen, dass diese Spezies, die man in Neukaledonien auch den Blutvogel nennt, im Frühling meistens in Vierer- oder Fünferschwärmen auftritt, während sie in den Wintermonaten eher nomadisch lebt. Auch die Essgewohnheiten des Scharlachroten Honigessers gaben zu einiger Überraschung Anlass. So ernährt dieser Vogel sich hauptsächlich von Eukalyptusbäumen, der Rinde von Teesträuchern und dem Saft der wirklich seltenen Banksien, kleinen Nadelbäumen, die vereinzelt in den Wäldern Neukaledoniens wachsen. Das Männchen veräußert bei der Balz eine schnelle Folge von Pfeiftönen, die man zumeist in der Mittagshitze des neukaledonischen Sommers vernehmen kann, zu einer Zeit also, wo die meisten anderen Vögel eher still sind. Die Eier, die der Scharlachrote Honigesser legt, sind weiß, mit einem gräulichen Schimmer an den Enden. Die Küken sind bei der Geburt schon gefiedert, wobei die Farbpalette des Gefieders von kastanienbraun bis anilinrot reicht.

Ich war ziemlich versunken in meiner Arbeit. Manchmal führte ich ganze Nachmittage lang Gespräche mit neukaledonischen Förstern, die diese Spezies schon einmal zu Gesicht bekommen hatten. Nach ungefähr zwanzig Telefonaten konnte ich sogar einen Förster dazu überreden, mir einen Scharlachroten Honigesser zuzuschicken. Am liebsten hätte ich natürlich einen lebenden Vogel bekommen, aber aufgrund der strengen Auflagen des internationalen Zolls war dies nicht möglich. So ließ ich mir einen eines natürlichen Todes gestorbenen Scharlachroten Honigesser an meine Adresse an der Universität schicken. Es dauerte ungefähr eine Woche, bis das Exemplar bei mir eintraf. Ich verschanzte mich in meinem Büro und öffnete das Paket. Als ich die letzten Schnüre und das letzte Papier von der Schachtel entfernt hatte, nahm ich behutsam den Deckel ab. Und dann sah ich zum ersten Mal in meinem Leben einen Scharlachroten Honigesser. Wie ich den Vogel so daliegen sah, mit seinen abgespreizten Krallen, überkam mich ein Gefühl der Trauer. Es wollte einfach nicht in meinen Kopf, dass selbst so ein exotischer Vogel dasselbe Schicksal wie alle anderen Vögel erleiden musste.

Wenn Annalena zu Hause war, ließ ich sie meistens in Ruhe. Ich wollte sie nicht bei ihrer Arbeit stören, genauso wenig wie ich bei meiner Arbeit gestört werden wollte. Ich hielt es für das Beste, sie während dieser anstrengenden Zeit alleine zu lassen. Abgesehen davon interessierte ich mich auch nicht sonderlich für ihre Arbeit. Ich konnte ihre Begeisterung für diese unästhetischen Kriechtiere nicht nachvollziehen, und das merkte sie mir wohl an. Wenn ich beobachtete, wie sie in ihrem Arbeitszimmer irgendwelche Tiere sezierte, überkam mich der Brechreiz. Wenn die Gedärme und Innereien dieser Tiere aus der Bauchdecke hervortraten, wurde mir jedes Mal übel. Natürlich wäre es schön gewesen, wenn sie sich für meine Arbeit interessiert hätte und ich mich für ihre. Aber ich denke, dass man solche Gemeinsamkeiten nicht erzwingen kann, und ich fand es auch nicht richtig, Interesse vorzuheucheln, wo keines vorhanden war. Also ließ ich sie ihre Arbeit machen, und ich machte meine.

*

Einen Monat nachdem sie ihre Promotionsschrift eingereicht hatte, verließ sie mich. An einem schönen Sonntagmorgen stand sie plötzlich mit gepackten Koffern im Türrahmen, sagte „Auf Wiedersehen“ und verschwand. Ich hatte nicht einmal die Zeit, ihr etwas hinterherzurufen. Ich hatte keine wirkliche Ahnung, was um mich herum passierte, und so tat ich erst einmal gar nichts.

Als am Nachmittag das Telefon klingelte, glaubte ich, dass Annalena mich anrief, um sich zu entschuldigen. Aber ihr Ton war nicht sehr entschuldigend. „Ich bin bei Friedrich“, sagte sie tonlos, „ich werde bei ihm einziehen.“

Ich war schockiert. Trotz ihrer vielen Treffen mit Friedrich hatte ich nicht im Traum daran gedacht, dass eine Frau, ganz zu schweigen von meiner Frau, jemanden wie Friedrich attraktiv oder charmant finden könnte.

„Warum?“, fragte ich erschüttert, „warum?“

Annalena blieb ganz ruhig. „Nun“, sagte sie schließlich, „erst mal, weil er in einer Zeit für mich da war, in der du mir nur die kalte Schulter gezeigt hast. Dann, weil er und ich die gleichen Interessen haben. Im Gegensatz zu dir ist er sehr bodenständig. Nimm's mir nicht übel, Gregor, aber du lebst nur für deine Vögel und für nichts sonst. Jedes Mal wenn ich mich mit dir unterhalten wollte, flogst du mir mit deinen Vögeln davon. Ich kann einfach nicht mehr, Gregor, ich kann einfach nicht mehr. Es tut mir leid.“ Dann hängte sie ein.

Ich war wie vor den Kopf gestoßen. Die ganze Zeit, in der ich glaubte, dass Friedrich und Annalena rein beruflich miteinander zu tun hatten, hatte Friedrich eine Affäre mit meiner Frau. Er musste sie so becirct und ihr wahrscheinlich auch ein paar Lügen über mich erzählt haben, dass sie letztendlich seinen Machenschaften erlegen war.

Die folgenden Tage passierte nichts. Ich ging wie gewöhnlich meiner Arbeit nach und hoffte, dass Annalena Friedrich bald satthaben und zu mir zurückkehren würde. Ich war mir sicher, dass diese Sache zwischen Annalena und Friedrich von vornherein zum Scheitern verurteilt war und dass Annalena bald erkennen würde, was für ein Profilneurotiker Friedrich in Wirklichkeit war. Immer und immer wieder verglich ich mich mit Friedrich, und immer schloss ich meinen Vergleich zu meinen Gunsten ab. Ich hatte einen besser bezahlten Beruf, ich war gesellschaftsfähiger, und, ich weiß, das klingt jetzt vielleicht ein wenig anmaßend, aber ich sah auch besser aus als Friedrich. Je mehr ich über Annalena und Friedrich nachdachte, desto mehr kam ich zu der Überzeugung, dass Annalena jene Art von Seitensprung beging, der in diesen Lifestyle-Magazinen als ‘positiver Seitensprung’ beschrieben wird. Dieser Theorie zufolge würde Annalena bald an den Mängeln, die Friedrich zweifelsohne hatte, erkennen, dass ich in punkto Zuverlässigkeit, Aussehen und Charakterstärke weitaus besser abschnitt als er. Dann würde diese Affäre letztendlich unserer Ehe zu neuem Schwung verhelfen, und Friedrich wäre dann nicht nur Annalena los, sondern auch mich, seinen ehemaligen Freund.

Als zwei Monate vergingen und Annalena immer noch nicht zurück war, begann ich an der Theorie des ‘positiven Seitensprungs’ zu zweifeln. Ich glaubte, Annalena müsse nun wirklich bald erkennen, was für ein Depp Friedrich war, und wie verhaltensgestört seine Fischliebe auf den gesunden Menschenverstand wirkt. Ich vermutete, dass Annalena Friedrich schon längst verlassen hatte und nun alleine in einem Hotel wohnte, um sich ein wenig Zeit zu lassen, bevor sie zu mir zurückkehren würde. Um mir Gewissheit zu verschaffen, hätte ich nur bei Friedrich anrufen müssen. Aber mein Stolz war zu groß und zu gekränkt. Schließlich war er es gewesen, der mich schamlos hintergangen und mir meine Ehefrau gestohlen hatte. Wenn sich einer melden und entschuldigen musste, dann doch wohl er. Hätte ich bei ihm angerufen, hätte es so ausgesehen, als bettelte ich um meine Frau. Diese Blöße konnte und wollte ich mir nicht geben.

*

Ein Jahr verging und nichts passierte. Ich schaute jeden Abend aus dem Fenster, und in jeder Passantin sah ich Annalena. An der Universität schlich ich ein ums andere Mal um das entomologische Seminar, doch niemals traf ich dort auf sie. In den Universitätsnachrichten las ich, dass Annalena ihre Doktorwürde erlangt und für ihre Promotionsschrift die Bestnote bekommen hatte. Sie hatte es also geschafft. Ich freute mich für sie, aber mehr noch hätte ich mich gefreut, wenn sie bei mir vorbeigekommen wäre, um mich zu ihrer Doktorparty einzuladen.

Auch mein Beruf litt unter der privaten Misere. Ich verlor mehr und mehr das Interesse an Vögeln und konnte einen Sperling nicht mehr von einem Spatz unterscheiden, wie wir Ornithologen sagen. Mir war es auch egal geworden, dass der Scharlachrote Honigesser sich aufgrund der sorgfältigen Planung und Pflege des WWF derart vermehrt hatte, dass er nicht mehr auf der Liste der bedrohten Tierarten stand. Auch die Ehrendoktorwürde der Universität Nouméa, die sich für meine Bemühungen zur Erhaltung des Scharlachroten Honigessers erkenntlich zeigen wollte, nahm ich ohne größere Freudensprünge entgegen. Mein neues Projekt, eine Arbeit über die südostasiatischen Echosalanganen, kam nur schleppend voran. Obwohl ein befreundeter Experimentalbiologe aus Köln über ein Nest der Echosalanganen verfügte, konnte ich mich nicht dazu überwinden, die Reise dorthin anzutreten. Ich wusste, dass die südostasiatischen Echosalanganen ihre Nester komplett aus Speichelsekret herstellten, und dass diese Nester sogar essbar sind. Ich hatte verschiedene

Exemplare schon auf Fotos gesehen und konnte mir nicht vorstellen, dass eine Untersuchung eines realen Nestes irgendwelche bahnbrechenden Erkenntnisse hervorbringen würde. Auch ging es meinem Kollegen nicht nur um mein Interesse am Echosalanganen. Er hatte mich gebeten, vor seinen Studenten eine Vorlesung über den Scharlachroten Honigesser zu halten. Gerade diese Bitte ließ mich erkennen, dass meine beruflichen Erfolge immer mehr auf diese eine Arbeit über den Scharlachroten Honigesser reduziert wurden und dass meine anderen Arbeiten, in die ich mindestens genauso viel Energie investiert hatte, als eher unwesentlich für die Ornithologie behandelt wurden. Und so sagte ich meinem Kollegen aus Köln nach reiflicher Überlegung ab.

Eines Tages lief ich dann Friedrich über den Weg. Er kam mir auf der Einkaufsmeile des Stadtzentrums entgegen, und als er mich sah, verzog er das Gesicht zu einer Grimasse. Dennoch kam er auf mich zu und wollte mir sogar die Hand schütteln, die ich ihm aber verweigerte.

„Immer noch sauer?“, fragte er zerknirscht.

„Sauer trifft es nicht ganz, Friedrich“, entgegnete ich in einem Ton, der aus meinem gekränkten Stolz keinen Hehl machte.

„Es tut mir leid“, fuhr Friedrich fort, „aber du kannst eine gewisse Schuld deinerseits nur schwerlich leugnen. Alles, wofür du dich jemals interessiert hast, sind deine Vögel. Ich habe noch nie jemanden getroffen, der so sehr in seinem Beruf aufging wie du. Annalena hat mir erzählt, dass du ihr nie zugehört hast, wenn sie von ihren Problemen erzählt hat. Alles, was ihn interessiert, ist dieses dumme Gefieder, hat sie gesagt. Und ich finde, dass sie nicht ganz Unrecht hat.“

Friedrich machte mich ganz wütend mit seinem analytischen Gehabe. „Was weißt denn du?!“, fuhr ich ihn an, „du … du dummer Kabeljau, du verfaulter Aal, du teuflischer Glattrochen!“

Friedrich lachte nur, murmelte etwas wie „Du lernst es nie, was?“ und lief davon.

Ich konnte einfach nicht verstehen, was Annalena mit so einem Trottel wollte, der Fische pries, als wären sie eine dem Menschen übergeordnete Kreatur, und der von Vögeln so viel verstand wie ein Zebra.

*

Kurz vor Weihnachten traf ich dann auch auf Annalena. Ich traf sie im Festsaal der Universität, bei der Verleihung der Ehrendoktorwürde an ein Mitglied der britischen Königsfamilie. Ich stand an der Sektbar, als sie plötzlich neben mir auftauchte.

„Wie geht es dir?“, fragte sie behutsam.

„Gut“, log ich.

„Übrigens“, fuhr sie fort, „ich bin dir immer noch dankbar dafür, dass du in die Scheidung einwilligen willst. Es ist schade, dass wir das so unpersönlich über unsere Anwälte abwickeln mussten, findest du nicht auch?“

„Ja. Wann wollt ihr beiden denn heiraten?“, fragte ich mit einem Schmerz in der Brust.

„Oh“, sagte Annalena, „wir haben schon einen Termin für Juli im nächsten Jahr. Friedrich hätte gerne kirchlich geheiratet, aber das geht ja nun nicht. Ich werde aber trotzdem ein schönes, weißes Kleid für die Hochzeit kaufen.“

Mir kamen fast die Tränen. Da stand Annalena, die Frau, die ich abgöttisch liebte, und erzählte mir von ihrer Hochzeit mit meinem besten Freund.

Um mich auf andere Gedanken zu bringen, wechselte ich das Thema. „Ich schreibe gerade ein Buch über den südostasiatischen Echosalanganen“, sagte ich.

„Aha“, erwiderte sie.

„Ja“, fuhr ich unbeirrt fort, „es ist ziemlich interessant. Der Echosalangane baut sein Nest nämlich nicht aus kleinen Zweigen oder aus Laub, sondern aus seinem eigenen

Speichelsekret. Ich werde vielleicht bald nach Köln fahren, um mir dort ein Exemplar eines solchen Nestes anzugucken."

„Aha", sagte sie erneut.

Eine Pause entstand.

Während ich noch überlegte, was ich als Nächstes sagen könnte, ergriff Annalena wieder das Wort. „Du, ich muss weiter", sagte sie. „Wir sehen uns."

„Wir sehen uns", sagte auch ich.

Dann verschwand sie in der Menge.

Ich blieb mit dem Sektglas in der Hand allein zurück. Kurze Zeit später sah ich Annalena noch einmal, wie sie Arm in Arm mit Friedrich den Festsaal verließ. Friedrich flüsterte ihr etwas ins Ohr, was Annalena zum Lachen brachte. Als sie nicht mehr zu sehen waren, kam mein wissenschaftlicher Assistent auf mich zu und versuchte, mich in ein Gespräch über meine Arbeit über den Honigesser zu verwickeln. Ich blockte das Gespräch etwas unhöflich ab, indem ich sagte, ich fühle mich nicht wohl. Ohne mich von irgendjemandem zu verabschieden, ging ich nach Hause.

Meine Arbeit über den Echosalanganen führte ich nicht zu Ende. Ich gab die Arbeit an meinen wissenschaftlichen Assistenten weiter, der über den Echosalanganen seine Habilitationsschrift schreiben wollte. Als er mich fragte, ob ich ihm bei seiner Arbeit zur Hand gehen könne, nickte ich nur. Im Grunde war mir der Echosalangane egal.

*

Heute war ich beim Dekan der Universität. Als ich in sein Büro kam, winkte mich die Sekretärin gleich durch, der Dekan würde mich schon erwarten. Ich klopfte an die Tür, und Sekunden später stand der Dekan im Türrahmen.

„Kommen Sie rein. Kommen Sie rein, Herr Eisenstein", sagte er und lachte, weil es sich reimte.

Ich schüttelte ihm die Hand und setzte mich auf den angebotenen Stuhl.

„Was führt Sie zu mir, werter Kollege? Wenn Sie mehr Fördergelder für eine Arbeit brauchen, dann muss ich Ihnen gleich sagen, dass mir die Hände gebunden sind. Ich weiß, Sie haben mit ihrer Arbeit über den Scharlachroten Honigesser einen wesentlichen Beitrag zum guten Ruf dieser Universität geleistet, und ich bin Ihnen auch sehr dankbar dafür, aber sehen Sie, ich kann nicht mehr Geld ausgeben als ich habe. Das verstehen Sie doch, Herr Eisenstein, oder?"

„Natürlich verstehe ich das", erwiderte ich müde. „Ich will auch gar kein Geld."

„Aha", lachte der Dekan, „das sind doch mal gute Nachrichten. Also dann, Herr Eisenstein, wo drückt denn der Schuh? Immer raus mit der Sprache."

„Also", fing ich an, „ich bin nach reiflicher Überlegung zu dem Schluss gekommen, dass es für mich das Beste ist, meine Stelle hier an der Universität aufzugeben."

Der Dekan schien ernsthaft erschüttert. „Aber warum denn das?", stotterte er, „warum denn das? Sie sind einer unserer besten Männer hier, Herr Eisenstein. Aufgrund Ihrer sorgfältigen Arbeiten sind Sie praktisch zu einem Aushängeschild dieser Universität geworden. Sie können mich doch jetzt nicht im Stich lassen. Nicht jetzt, Herr Eisenstein, nicht jetzt. Sie sind doch der Mann, der alles über Vögel weiß. Ja, noch nie im meinem Leben habe ich jemanden getroffen, der so vernarrt in Vögel war, und der so viel über Vögel wusste wie Sie, Herr Eisenstein."

„Ach, Vögel", sagte ich verbittert. „Alles was die tun, ist ihre Federn zu spreizen und herumzufliegen. Ich brauche einfach etwas Abstand zu meinem Beruf. Deshalb habe ich mich an der Oxford Universität in England beworben."

„Aha", sagte der Dekan, „ist dort ein Lehrstuhl freigeworden?"

„Nicht dass ich wüsste", entgegnete ich ihm, „es interessiert mich auch nicht. Ich habe mich dort als Student beworben, nicht als Lehrkraft."

Jetzt schien der Dekan vollkommen perplex. „Als Student?“, wunderte er sich. „Ja, aber um Himmels willen, Herr Eisenstein, was wollen Sie denn studieren?“

„Ichthyologie“, sagte ich mit einem Lächeln im Gesicht.

Über die Autoren

Willi Brenner Geboren 1972 in Wien, verheiratet, glücklicher Papa eines Sohnes. Nach der Matura Studium der Biologie an der Uni Wien. Zurzeit Angestellter. Erste Schreibversuche schon in jungen Jahren, Wiedereinstieg und ernsthafte literarische Ambitionen allerdings erst mit 33 Jahren. Hobbys: Das tun, was Andere nicht erwarten. Im Dr. Ronald Henss Verlag erschien seine Kurzgeschichte „Raunacht“ in der Anthologie „Weihnachtsgeschichten“ (2006).

Regula Buder 1968 in Basel geboren, wohne ich heute noch in diesem Dreiländereck und genieße die Grenzen, die hier schon lange keine mehr sind. Zusammen mit meinem Mann und meinen beiden Kindern liebe ich es, durch die Welt und durchs Leben zu ziehen. Mein Geld verdiene ich im Moment mit Nachtwache und journalistischen Beiträgen. Das literarische Schreiben gehört für mich, wie das Leben selbst, zu den größten Leidenschaften. Denn die Worte sind wie der Atem, der meinem Leben Ausdruck verleiht.

Felix Clervaux 1965 in Berlin geboren und lebt auch heute noch dort. Er verdiente sein Brot über 20 Jahre im Einzelhandel, war und ist aber immer wieder künstlerisch tätig. Früher Bühnenauftritte und gesangliche Darbietungen, heute eher schriftliche Ergüsse. In seinen Schubladen finden sich unzählige Liedtexte, einige Drehbücher, diverse Kurzgeschichten und Romane. *www.felixclervaux.de.vu*

Josef Haider Geboren wurde ich im tiefen Österreich, am Heiligen Abend des Jahres 1975. Schon früh flüchtete ich nach Graz, der nächstgelegenen größeren Stadt, wo ich seit 16 Jahren lebe. Ich bin Psychologe und lebe seit acht Jahren mit meiner Frau Andrea zusammen. Seit einem Jahr bin ich stolzer Vater eines Sohnes. Seit drei Jahren besuche ich eine Schreibwerkstatt. In regelmäßigen Abständen veranstalten wir Lesungen im Raum Graz.

Christian Heynk Ich bin 28 Jahre alt und habe gerade mein Studium beendet (Lehramt Sek. I/II, Fächer: Englisch und Französisch). Im Moment warte ich auf den Beginn meines Referendariats. Ich schreibe noch nicht sehr lange (vier oder fünf Jahre). Die Geschichte „Scharlachroter Honigesser" gehört zu einer Sammlung von 6 Kurzgeschichten, die ich „Homo academicus" genannt habe, und bei der Professoren, Dozenten und Doktoranden im Mittelpunkt stehen. Dabei geht es hauptsächlich darum, wie das Dasein eines Akademikers von seinem Beruf beeinflusst wird (wie in „Scharlachroter Honigesser").

István Kalász Geboren 1959 in Budapest, lebt in Budapest und zeitweise in Stuttgart. Regelmäßige Publikationen in verschiedenen ungarischen Literaturzeitschriften, in Anthologien und mehrere eigene Prosabände. Mitglied des Ungarischen Schriftstellerverbandes.

Karin Reddeman Jahrgang 1963. Studium Germanistik und Romanistik an der Ruhr-Uni Bochum. Freie journalistische Mitarbeit, Schwerpunkt Gericht, hautnah und prägend, später auch Feuilleton, seit 1982 in Recklinghausen für die Lokalpresse. Magister 1989. Danach Redakteurin bei Essener Verlag. Nach Auszeit heute wieder frei, schreibt für Print-Projekte. Liebt Salz auf ihrer Haut und die unerträgliche Leichtigkeit des Seins. Hat Veröffentlichungen in einigen Anthologien: „Frank" (Psychiatrie-Verlag Bonn), „Liebe Annika" (Bitter-Verlag). Im Dr. Ronald Henss Verlag erschienen die Kurzgeschichten „Liebe Lüge im Schnee" (in: „Alle Jahre wieder", 2005) und „Nur Dein Butterbrot" (in: „Plötzlich sah die Welt ganz anders aus. Schlüsselerlebnisse", 2005). 2006 wurde im Dr. Ronald Henss Verlag ihr erster Band mit eigenen Geschichten veröffentlicht: „Gottes kalte Gabe".

B. Richard lebt und schreibt in Hamburg.

Christof Ropertz wurde 1960 mitten im tiefsten Westerwald geboren. Nach dem Abitur und 12 Monaten als Klarinettist bei der Luftwaffe in Hamburg, entschied er sich zum Maschinenbau-Studium an der FH in Koblenz. Heute arbeitet er vormittags bei Mercedes Benz in Untertürkheim und konstruiert Mess- und Prüfmittel. Nachmittags kümmert er sich um seine beiden vorlauten Söhne und versucht abends mit wechselndem Erfolg seine Frau Sabine mit seinen Kochkünsten zu verwöhnen.

Manfred Schröder Geboren 1938 in Essen. Bis zum vierunddreißigsten Lebensjahr unruhiges Wanderleben durch Europa. Seit 34 Jahren in Finnland ansässig. Mit einer finnischen Theologin verheiratet. War hier Postmann und Grafiker. Die letzten 16 Jahre als Bühnenmaler im Finnischen Nationaltheater in Helsinki gearbeitet. Finnischer Staatsbürger. Schreibt seit zwei Jahren.

Christiane Stüber Geboren 1978 in Gotha (Thüringen). Studierte Philosophie in Deutschland, Wales und Südafrika. Momentan lebt sie in Leipzig, arbeitet an ihrer Doktorarbeit und unterrichtet. In Kapstadt schrieb sie Beiträge für verschiedene Frauenzeitschriften. In dieser Zeit wurde auch ihre Kurzgeschichte „Between two Platforms" in einer südafrikanischen Anthologie veröffentlicht. Ihre Kurzgeschichte „Sinnverkehr(t)", die in Südafrika spielt, erschien in der Anthologie „Erzähl mir was von Afrika" im Dr. Ronald Henss Verlag, 2005.

Susanne Weinhart Geboren 1979 in Garmisch-Partenkirchen. Wohnort: Murnau am Staffelsee. Studium der Germanistik, Politischen Wissenschaften und Soziologie. 2005 Magister Summa cum Laude. Praktika und freie Mitarbeit bei Münchner Merkur, BLR, BR und SZ. Teilnahme an MANUSKRIPTUM. Münchner Kurse für Kreatives Schreiben 2002/3 mit Dagmar Leupold und Jo Lendle. Schreibt Prosa, Lyrik, Drehbücher und Hörspiele. Publikationen/Wettbewerbe: Münchner Hefte. Zeitschrift junger Literatur 02/2003; DUM – Das ultimative Magazin 28/2003 und 29/2004; Freiberger Lesehefte Nr. 8 (Sept.2005): „Meine schöne, hässliche Geliebte – Gedichte und Geschichten aus der Hohenzollernstrasse", hrsg. von Marta Reichenberger und Tatiana Hänert, München, 2003. Gewinnerin des „Gepunkteten Trikots" (literarische Wertung) des Wettbewerbs Literatour de France 2004 des Charlatan Verlags. Publikation in der Anthologie „Das gelbe Buch der Spitzenschreiber. Literatour de France 2004" (Blauhut & Fuchs, 2004). Teilnehmerin der Endausscheidungslesung des 17. Internationalen Jungautorenwettbewerbs der Regensburger Schriftstellergruppe International. 2004. 3. Platz 4-Farben-Wettbewerb von h+s-Veranstaltungen, München, 2005. Teilnahme an zahlreichen Lesungen in Literatur- und Theaterhäusern und an Kulturprojekten, jüngst als Preisträgerin bei FFF. Freimann-Fröttmaning-Fußball der Villa Mohr, Mai 2006 in München. Im Dr. Ronald Henss Verlag erschienen die Kurzgeschichten „Malesch, Mädchen" (in: „Erzähl mir was von Afrika", 2005) und „Metamorphosen" (in: „Plötzlich sah die Welt ganz anders aus. Schlüsselerlebnisse", 2005).

Leseprobe
Susanne Weinhart: Metamorphosen

Eine Freundin aus der Schulzeit hatte es mir erzählt oder besser: enthüllt, zwischen dem Selbstmordversuch ihres Schwiegervaters im Altersheim im Juni und dem Roggenanteil ihres Käsebrotes; ich hätte es sonst nicht gewusst, und wahrscheinlich wäre ich nie wieder in das, was sich gemeinhin sein Leben nannte, gegangen. Das war noch nie ein guter Ort gewesen, an gute Orte zog es mich nicht hin, und der Weg in gute Orte war viel zu gut beleuchtet. Robert, der autarke Stadtstaat oder ein schlecht beleuchtetes Ortsschild in einem beschlagenen Rückspiegel, bei ihm hatte ich den Genitiv nach „wegen“ gelernt und wie man sich das Leben künstlich schwer machen kann. Am deutlichsten erinnerte ich mich daran, dass er bei schlechtem Wetter keine Kontoauszüge holte, manchmal wochenlang nicht, weil er steif und fest behauptete, bei Regen sei „immer weniger auf dem Konto als man denkt“ und auf mein Kopfschütteln mit seinem Standardsatz reagierte, ich solle aus meinem Denken endlich die Gedankenstriche streichen. Ich nahm mir dann gnadenlos meine Interpunktion vor und strich alles, bis auf einen Punkt. Den Schlusspunkt.

Die vollständige Geschichte findet sich in:

Plötzlich sah die Welt ganz anders aus
Schlüsselerlebnisse
Dr. Ronald Henss Verlag, 2005
ISBN-10: 3-98093336-6-0
ISBN-13: 978-3-9809336-6-7

Leseprobe
Christiane Stüber: Sinnverkehr(t)

Eine Wolkendecke – halb Nebel, halb Luftverschmutzung – verhüllt den Berg. Wüsste man es nicht besser, könnte man fast vergessen, dass er sich dort inmitten der Stadt erhebt. Manchmal vergisst man es tatsächlich für ein paar Tage, weil es hier unten im urbanen Tal so viel Zerstreuung gibt. Die Kapstädter sagen, dass der Berg ihr Ruhepol ist, dass sie nur ihm ihre entspannte Art zu verdanken hätten. Man spricht hier gern von Energien und geheimnisvollen Kräften. Das gehört genauso zum Alltag wie zertrümmerte Fensterscheiben und durchstochene Reifen.

Kapstadt ist meine neue alte Heimat. Nach einem Jahr in Deutschland bin ich hierher zurückgekehrt. Dabei hatte ich mit diesem Land und seinen Menschen bereits gründlich abgeschlossen. Ich hatte mich in Berlin sehr wohl gefühlt und die Stadt mit dem massiven Berg, dem Ozean drum herum und meiner zerbrechlichen Liebe nicht einmal besonders vermissen wollen. Doch als ich eines Abends allein am menschenleeren S-Bahnhof Bellevue stand, hat sich etwas in mir herumgedreht. Das war nach einem Konzert gewesen. Ich war wunderbar melancholisch gestimmt.

Die vollständige Geschichte findet sich in:

Erzähl mir was von Afrika
Band 1
Dr. Ronald Henss Verlag, 2005
ISBN-10: 3-98093336-2-8
ISBN-13: 978-3-9809336-2-9

Leseprobe
Willi Brenner: Raunacht

Ich hatte Lena ermahnt, sie solle den Schnee nicht essen, davon würde sie Husten bekommen. Als sie es wieder tat, schlug ich ihr den weißen Klumpen ärgerlich aus der Hand und drohte ihr eine Ohrfeige an. So wie unsere Mutter wollte ich klingen, streng und unerbittlich, das bisschen Autorität einer älteren Schwester gewürdigt wissen. Inmitten des verschneiten Waldes, durch den wir mühsam unseren Leiterwagen zogen, erhob ich den Zeigefinger, erklärte altklug den Zusammenhang zwischen Schnee, Husten und Bauchweh. Außerdem, und davon versprach ich mir die größte Wirkung, würde es für ein krankes Kind kein Weihnachtsfest geben, keinen geschmückten Baum, keine Lieder und kein Geschenk. Nur bittere Medizin.

„Kein Geschenk?“

„Nein. Nichts.“

Lenas blaue Augen weiteten sich erst ungläubig, dann machte sich Entsetzten in ihrem Gesicht breit.

Ich blieb standhaft, genoss schweigend meinen Sieg. Dabei hatte ich etwas für sie in diesem Jahr. Das restliche Sackleinen hatte für eine Puppe ausgereicht, mit Sägespänen gefüllt, zwei weißen Knopfaugen und Wollresten …

Die vollständige Geschichte findet sich in:

Weihnachtsgeschichten
Dr. Ronald Henss Verlag, 2006
ISBN-10: 3-98093336-9-5
ISBN-13: 978-3-9809336-9-8

Leseprobe
Karin Reddemann: Schweigeminuten

Ihnen fehlten Augen. Die geschlossenen Lider waren es, die anfangs irritierten. Unverkrampft verschlossen zwar, aber ohne Chance, in den Gesichtern lesen zu können. Unheimlich irgendwie. Genial inszeniert. „Die könnten jetzt an alles denken. Gott. Kinder. Leiber aufschlitzen. Ficken." Thomas Gregorian kicherte. Ihm gefiel, was er sah. Warten auf irgendwen. Irgendwas. Er betrachtete das Bild genauer. Vermutlich eine spiritistische Sitzung, schätzungsweise in den 30ern gemalt. Die junge Frau, die gemeinsam mit ihm auf den Speicher der alten Villa geklettert war, verzog angewidert das Gesicht: „Scheußlich. Das macht mir Gänsehaut." Thomas Gregorian grinste. „Absicht, vermute ich." Er hatte Edgar Gregorians Bild von Staub und Spinnweben befreit und hielt es jetzt in Augenhöhe. Gregorian musste es kurz vor seinem Tod gemalt haben. Ein Bruder seines Großvaters, der auf bizarre Art ums Leben gekommen war. Man hatte ihn und seine Frau mit durchtrennten Kehlen vor dem gemauerten Kamin im Erdgeschoss gefunden. Der Mörder wurde nie gefasst, hatte auch nichts gestohlen, war wohl einfach nur hereinspaziert, um Blut spritzen zu sehen ...

Die vollständige Geschichte findet sich in:

Karin Reddemann
Gottes kalte Gabe
Dr. Ronald Henss Verlag, 2006
ISBN-10: 3-98093336-3-6
ISBN-13: 978-3-9809336-3-6